죄의 빙점
형제복지원

죄의 빙점 형제복지원

© 김영권, 2021

1판 1쇄 인쇄_2021년 01월 15일
1판 1쇄 발행_2021년 01월 30일

지은이_김영권
펴낸이_홍정표
펴낸곳_작가와비평
　　　등록_제2018-000059호
　　　이메일_edit@gcbook.co.kr

공급처_(주)글로벌콘텐츠출판그룹
　　　대표_홍정표 이사_김미미
　　　편집_김수아 하선연 홍명지 이상민 권군오　기획·마케팅_이종훈
　　　주소_서울특별시 강동구 풍성로 87-6
　　　전화_02) 488-3280　팩스_02) 488-3281
　　　홈페이지_http://www.gcbook.co.kr

값 13,800원
ISBN 979-11-5592-267-5 03810

죄의 빙점
형제복지원

김영권 장편소설

작가와비평

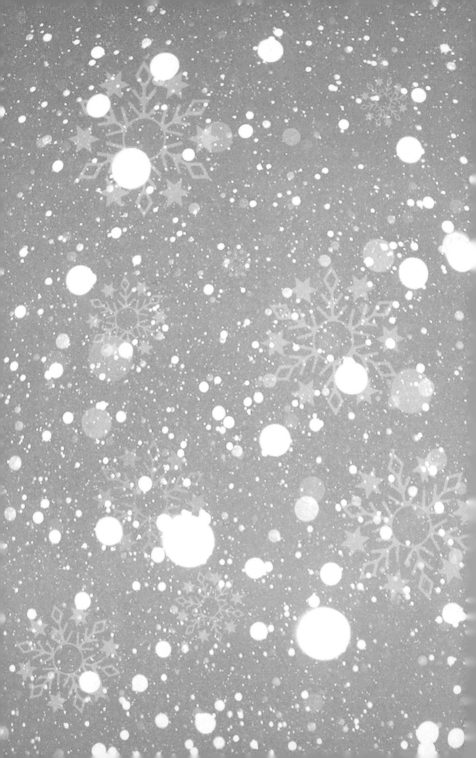

삶이란 무엇인지…

마지막 순간 돌아볼 때

웃으며 떠올릴 지난 날

새벽이슬 지듯 사라진대도…

-어느 무명시집에서

작가의 말

  그동안 선감도 어린이 강제수용소, 청소년 북파공작원, 몽키하우스 등 예사롭지 않은 소재를 소설화 해왔지만, 왠지 형제복지원에 대해서는 엄두를 내기가 쉽지 않았다.

  대체 무슨 이유였던가? 지금도 명백히 지적하긴 어렵다.

  우선 한 가지를 들어 보자면, 그 희대의 인간 말살 지옥이 오래전 한때 언론 방송의 집중조명을 받긴 했으되,

피상적인 폭로성 기사와 일과적 멘트로 끝났을 뿐 악의 근원에 대한 탐찰이 미진했기 때문이 아닐까? 그렇다 보니 꽤나 알려지긴 했음에도 폭로 이후 형성된 딱딱한 선입견이 더 이상 내부로 진입해 진실을 파내려는 의지와 흥미 자체를 막아 버린 건 아닐까?

혹은 형제원이 부산 시내에 또아리 틀고 있었기 때문인지 모른다. 대한민국 제2의 대도시 속에 그런 악마 제국이 존재할 리 없다는 선입견 탓에, 당시 길 가던 시민들마저 그 건물을 무슨 유익한 사회 시설로 생각했고, 언론 보도를 보면서도 국민 모두가 예사로운 한국의 불법적 초상^{肖像}으로 지레짐작했는지 궁금한 노릇이다.

어쨌든 자료수집만 잔뜩 해놓은 상태에서 나는 쉬이 착수할 수가 없었다. 이미 너무 알려진 소재로 글을 쓸 경우 별 효과도 없이 눈 밝은 독자 대중들로부터 욕만 잔뜩 얻어먹을 우려도 있었다.

그나마 다행인 건 형제원 피해 생존자 스스로 체험수기를 써서 악랄무비한 진상을 알리고 있다는 사실이었다. 하지만 그들의 목표인 사실 조사와 잃어버린 인생에 대한 보상은 여전히 오리무중이기에 국회의사당 앞에서 몇 년째 단식 중이었다.

　그들은 고육지책으로 인기작가들을 찾아가 형제복지원 참상을 소설화해 주길 부탁했으나 거절당했다고 한다. 대체 왜 그랬을까? 조금만 특이한 소재로 보여도 마치 피라냐처럼 달려들 성싶은데 왜? 더구나 생존 피해자들이 모든 체험담을 다 제공하겠다는데도…. 아마 역시 너무 알려져 '범상'해져 버렸기에 굳이 나서서 귀중한 정력을 낭비하기 싫었는지도 모른다.

　오래전 취재차 부산 주례동까지 가보았으나 그 당시의 지옥 현장은 사라지고 고급 아파트 단지가 들어서 있어 막막했었다.

　'형제복지원은 없다!'

　그런 생각을 하며 나 또한 유령인 양 떠돌았었다.

　만약 한겨울 폭설 속에 비닐 천막 하나 쳐놓고 단식하는 피해 생존자들을 직접 만나 보지 않았다면 나도 그냥 지나쳐 버렸으리라.

　고심 끝에 작업에 착수했는데, 일반적인 방법으로 이 사건을 다루는 건 그닥 마땅치 않다는 느낌은 여전했다. 최소한의 어떤 주목을 끌기 위한 장치가 필요했다. 요즘 유행하는 황당무계한 일개 장르 방식보다는 본질적으로 진실에 접근 가능한 자연스런 길….

그건 가공된 이야기 소설^(fiction story)이 아니라 나 스스로 보고 듣고 탐구한 것이어야 했다. 그러자니 나 자신의 추악스런 모습까지 까발려 보이지 않을 수 없었다. 독자님들의 너그러운 양해를 빌며, 부디 겉치장보다 내용의 진실에 주목해 주시길 바란다.

끝으로, 백척간두 같은 상황에서 짧은 얘기나마 들려준 여러 피해 생존자 분들께 감사의 인사를 드리며, 졸작을 연재해 주신 계간 〈연인〉지를 비롯해 〈주간현대〉의 대표님 그리고 출간을 맡아 주신 작가와비평의 대표님께도 고마움을 담은 마음의 엽서를 띄운다.

2020년 겨울
연신내에서
김영권

차례

1부

살구꽃 입술

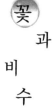

꽃
과
비
수

　한겨울 바람이 불어대며 창문을 마구 흔든다. 그래도
붉은 벽돌집은 끄떡없다.
　천국 속에 지옥이 있고 지옥 속에 천국이 있다는 낡아
빠진 말을 나는 그닥 믿지 않았다. 삶이 하도 팍팍해선지.
　하지만 지금은, 비록 일순간일지언정, 믿음 여부를 떠
나 그저 존재하는 대로 향유한다. 마음속의 환상이 아니
라 현실의 물질인 푹신한 소파 위에서 명료히….

"얘, 이리 와서 한번 빨아 줘."

나는 부드럽게 명령한다.

"네, 알았어요. 그런데 뭘 해달라구요?"

계집애의 목소리엔 애교가 살짝 스며든다.

"이미 말했잖아. 어서 이리 와!"

"네, 낭군님…. 하지만 지금 낭군님의 책을 읽고 있는 데…."

"그따윈 다 허위니까 집어던져 버려!"

"아이 참, 책이 아니라 낭군님 책 원고를 타이핑하면 서 읽고 있다니까요. 무서운 강제수용소. 호호…."

"음…."

"그런데 속여서 형제복지원이라구 했죠."

"흠, 양두구육이라고나 할까. 지옥원을 복지원이라 거 짓 선전해대며 전대미문의 인간 살육 도박판을 벌여… 두당 수백만 원씩, 요즘 돈으로 환산하기 힘든 물질적 정신적 사리사욕을 편취해 챙기고 온갖 해악을 끼친 악 마의 소굴…. 인간 꿈의 가치는 과연 얼마나 될까?"

"만약 꿈이 없다면 온종일 파르르 떨다가 죽어 버릴 것 같아…."

솜희는 눈살을 살짝 찡그린 채 고갤 흔들었다.

"그놈들은 사람의 꿈과 희망을 탈취하고 짓밟아, 인간 아닌 짐승으로 만든 전문가야."

"어머, 무서워…."

"뭐가 무섭다고 그래? 나도 그놈들과 비슷한 악마 새끼인지 몰라."

솜희는 눈을 꼭 감은 채 도리질을 하더니 물었다.

"그런데… 원고에 씌어 있는 내용이 사실이에요, 아님 상상도 포함된 건가요? 정말 놀라워요!"

"놀랍긴 뭐가… 그건 약과야. 스토리를 요약해 놓은 것에 불과하니까. 지금 내가 고민하는 건 사실이냐 상상이냐 하는 문제가 아냐. 사실이 너무 엄청나서 상상이 끼여들 여지가 거의 전혀 없다는 게 불만이라면 불만이랄까."

"아! 옛날 일이라지만 어찌 그럴 수 있었을까요?"

"글쎄, 호호…. 겉과 속이 다른 양두구육과 인간 살육은 요즘도 이 세상에 늘 색깔만 살짝 달리해 판을 벌이고 있잖아. 그러니 엄살 그만 떨고 이쪽으로 와 봐."

"그래두…."

"흠, 그건 혹시 안 쓸지도 몰라. 흐흣, 좀 지나면 허섭쓰레기가 될 테니… 신경 끄고 어서 이리 와 빨아 줘."

"응, 알았어요. 낭군님도 참…."

솜희는 사뿐사뿐 걸어와서 무릎을 꿇고 다소곳이 앉는다. 그리고 늘 물기가 약간 어려 있는 듯한 큰 눈으로 내 눈을 지그시 올려다본다. 나는 냉담하게 내려다보다가 아예 슬쩍 외면해 버린다.

겉으론 멀쩡해도 실은 살짝 미친 년이기 때문에 예쁠지언정 정을 주면 안 된다. 살짝 미쳐서는 삶의 진실에 가 닿을 수가 없다. 오히려 계집앤 엄혹한 현실을 주관적으로 재구성해 희롱하고 있을지도 모른다. 하지만 완전한 광녀보다는 살풋 미친 계집이 시녀로 부리기엔 더좋은 게 사실이다.

솜희는 다소곳이 고개 숙여 부드러운 혀와 입술로 귀두를 빨기 시작한다. 쪽쪽 하는 소리가 이따금 난다. 긴 머리카락이 흘러내려 하얀 목덜미가 드러난다.

한땐 증오감이 넘쳐 두 손아귀로 목을 조르거나 시퍼런 칼로 찔러 죽이는 공상에 잠기기도 했었지. 이젠 꽤 중화되었건만 아직 과거의 살기가 마음속에 남았는지 손가락이 파르르 떤다. 손은 무의식중에 가녀린 흰 목으로 기어가 살살 쓰다듬는다. 지금 이 순간 두 손아귀로 목을 꽉 움켜쥔다면 어찌 될까?

흠, 수많은 공상을 해보지만, 결국은 다 무산되고, 심리와 현실에 가장 적합한 한 가지로 귀착될 뿐이리라. 혹은 진저리치도록 부적합한 것으로…. 쾌감이 점점 증폭돼 천국으로 들어가기보다는 살인 지옥의 나락으로 떨어져 내릴 가능성이 더 크다. 결코 그럴 순 없다. '복수 목록'이 거의 사문화되었다고 치더라도 뇌리엔 아직 생생히 살아 숨쉬는 듯하니까 말이다. 예전에 종이쪽에다 적어둔 목록보다 머릿속에 넣어둔 채 상황이나 기분 따라 새롭게 변경해 맛보는 것이 훨씬 감미롭다.

솜희는 처음엔 좀 볼을 붉히며 겸연쩍어하기도 했으나 차츰 미친 년 특유의 윤리의식을 망각한 무아경에 빠져 남성의 심볼을 빨아댔다. 부드러운 머리카락이 배꼽 부근을 간지르고 뜨거운 입김과 따스한 혀가 서서히 쾌감을 모아 단전을 자극한다. 하얀 이빨도 혀 못잖게, 아니 혀를 도와 관능도를 점점 높인다.

하지만 나는 신음소리를 내지 않는다. 손가락으로 계

집애의 귀를 부드럽게 매만진다. 가운뎃손가락 끝으로 귓구멍을 살살 쑤시자 오히려 계집이 먼저 달뜬 암코양이 목청을 흘려낸다.

"이년, 깨물진 마!"

냉엄한 명령에 솜희는 움찔한다. 이따금 사랑스럽기도 하지만 표현하고 싶진 않다. 쾌락보다는 복수가 더 중요하다.

만약 증오감과 복수심이 다 사라지고 나면 어찌 될지 가끔 좀 두려워지기도 한다. 옛 상처처럼 심장이 간혹 뜨끔뜨끔 아프지 않는다면 이런 짓을 굳이 할 필요도 없으리라. 심장 속에 든 독기를 빨아내기 위해서라도 이따금 펠라치오를 시키는 셈이다.

솜희 년은 이미 내 감정의 흐름을 간파했는지 잠깐 놀란 척 했을 뿐 혓바닥으로 능청스레 심볼을 빨고 핥는다.

솜희를 처음 본 건 3년쯤 전이었다.

소소한 일상생활의 소음을 제외하면 꽤 조용한 집이고 동네였는데, 언제부턴가 개 짖는 소리가 귀청을 무척 자극하기 시작했다.

내가 좀 예민한 편이긴 해도, 도시의 한 귀퉁이 지하방에 둥지를 튼 이상 웬만하면 참아냈다. 사람들이 살면서 내는 일상적인 소리엔 관대할 정도였다. 특히 중요한 이해관계를 놓고 벌이는 싸움, 부부나 연인 혹은 형제자매 간의 투쟁 따윈 심각할수록 더욱 흥미로웠다. 만일 살인사건이라도 벌어진다면 훨씬 감미로워 천국에 들어간 기분이지 않았을까.

하지만 난 천국도 지옥도 싫었다. 그냥 조용히, 남의 불행을 바라지 않고 소박한 내 꿈을 가꾸어 나갈 수 있는 환경이라면 그게 천국이었다.

그런데 개 한 마리 때문에 천국의 가능성이 짓밟힌 채 지옥으로 변해가고 있었다. 강아지가 자랄수록 목청이 점차 커져 불현듯 한바탕 짖을 때마다 심장이 놀라 펄떡거리고, 작업 구상이나 명상이 산산조각 나 버리곤 했다.

외출하는 길에 작심하고 1층 집의 벨을 눌렀었다. 아마 내 얼굴은 창백하게 긴장한 채 일전을 불사할 각오로 파르르 떨고 있었을 것이다.

사납게 왈왈 짖어대는 개를 진정시킨 후 여자의 목소리가 들려왔다.

"누구세요?"

"이웃집 사람인데 잠시 드릴 말씀이 있어서요."

한동안 침묵이 이어지더니 벨을 다시 누르려는 찰나 문이 빼꼼히 열리곤, 하얀 얼굴에 쌍꺼풀진 검은 눈과 핑크빛 입술이 살짝 나타났다.

"무슨 일이세요?"

맑지만 약간 겁먹은 듯 기어드는 목소리였다.

"혹시 여긴 하수도 물이 잘 내려가나요? 수챗구멍이 막혔는지 어쩐지 좀 시원찮아서…. 관이 연결돼 있을 텐데…."

나는 생각지도 않았던 소릴 중얼댔다. 개 짖는 얘기부터 꺼냈다가 만약 문이 닫혀 버린다면 낭패였다.

"그건 잘 내려가는 것 같아요."

계집애의 천연적인 연분홍빛 입술이 대꾸했다.

혹시… 유두와 음순과 음핵 그리고 질구도 같은 빛깔일까, 혹은 더 진하거나 조금 옅은 색깔일까?

문득 그런 생각이 들었다. 하지만 그때까진 아직 음란스런 마음은 없었다. 순수한 상상력의 짓이었으므로 거부하지 못한 채 내심 썩 겸연스러울 지경이었다.

어쨌든 부분보다 전체적인 얼굴이 보고 싶었다.

"그런데… 이 빌라엔 아름다운 전통이 있더군요. 이사 가거나 올 때, 자기 나름의 형편에 따라 선물을 돌리던 데 쪼끔은 감동적이었어요. 그래서 약소하나마 저도 이걸 드리려고…."

그건 사실이었다. 얼마 전 2층 사람이 문을 두드리더니 이사 간다면서 유자청 한 병을 불쑥 내밀었다. 별 안면이 없는 남자인지라 사양하자, 그는 자기도 처음엔 꽤 의아스러웠으나 지나고 보니 정겨운 추억으로 남을 것 같다며, 고향에서 직접 만든 특산물이라며 억지로 떠맡기곤 가버렸다. 혹시 선전용 샘플로 내돌리는 게 아닐까, 독극물이 든 건 아닐까 하는 의심이 들었지만, 가끔 따스한 물에 타 한잔 마시면 남국의 향수를 자아내며 향기로웠다.

"전 잘 모르겠어요. 나중에 엄마가 오면…."

계집애의 살구꽃빛 입술이 옴질거렸다. 표지 디자인이 멋진 책을 내밀자 문이 좀 더 열렸으나 차단 고리는 벗겨지지 않았다.

망설이다가 선물을 받아든 그녀는 생긋 웃더니 곧 문

을 닫아 버렸다. 한 순간의 영상처럼 꺼져 버린 그 모습은 차츰 상상의 힘을 빌려 한결 더 선명해졌다.

골목길을 걸어 내려가며 고개를 세게 흔들었지만 사라지긴커녕 뇌리 한구석에 둥지를 튼 채 어여삐 미소 지었다. 문득 나의 졸렬함을 비웃는 듯 느껴지기도 해 위악적으로 낄낄거려 보았다.

여고딩(또는 재수생)인지 여대생인지 뭔지 잘 분간할 수 없었다. 단발머리에 아담스런 몸매, 살짝 쌍꺼풀진 눈과 창백한 안색 때문인지, 죽은 첫사랑 소녀가 회상되곤 했다.

그 소녀는 절름발이였다.

무거운 백팩을 맨 채 절뚝절뚝 걷는 모습을 보노라면 내 가슴속의 금선이 파르르 떨렸었다. 엄마만큼 심한 편은 아니었기에 귀여운 느낌마저 들 지경이었다. 마치 피아노 건반을 밟으며 특이하고 감미로운 무음곡無音曲을 연주하는 듯싶었다.

건강하지만 평범스런 무수한 다리보다 그 소녀의 걸음이 내겐 더 사랑스러웠다. 육체적 욕망보다 정신적 갈망이 훨씬 심했다. 창백한 볼에 분홍빛이 살짝 피어오르면 난 미의 감옥에 갇혀 든 성싶었다.(미적 황금률이란 게 있는 모양이던데, 일단 사랑에 빠지게 되면 그 기준점이 변화하거나 사라지는 것 같다. 미뿐만 아니라 진과 선도 비슷하지 않을까?) 아마 그녀의 다리가 더 심하게 절뚝거리거나 얼굴이 한결 붉게 인디언 소녀처럼 물들더라도 애정은 스러지긴커녕 꽃불처럼 활활 타올랐으리라.

하지만 그녀는 여고 1학년생 시절을 다 마무리하지도 못한 채, 죄 많은 육신을 벗어나 영혼의 안식처로 간다는 유서를 남기곤 자살하고 말았다. 학교에서 따돌림을 당하진 않을 만큼 고운 성격이라 생각했건만 현실은 상상 외로 가혹스러웠던 모양이었는지….

그 이후 며칠 동안 개새끼는 여전히 징글맞게 짖어댔으나 내 마음속엔 별로 증오감이 들지 않았다. 똑같은 소리인데도 그닥 소음으로 느껴지지 않을 뿐더러, 때론 그저 한 마리 개의 존재론적인 앙칼스런 의사표현 또는 그저 우울감에 젖은 앙징맞은 신세 한탄처럼 들렸다. 충분히 이해할 수 있을 뿐만 아니라 문득 연민의 정이 생기기도 했다.

하지만 그건 이틀도 가지 못했다. 그녀를 생각해 가능하면 긍정적으로 수용해 보려 했으나 마침내 저절로 욕설이 터져 나왔다. 단잠을 깨우고, 명상을 방해하고, 글 쓸 때 홀연 떠오른 천재적인 아이디어를 끊어 버리고, 독서마저 컹컹 훼방 놓는 놈의 작태가 얄미움을 넘어 점점 증오스러워졌다.

'죽이고 싶지만, 일단 이성과 감정을 분리시키는 게 좋겠다. 우선 애완견은 놔두자. 그녀 혹은 그녀를 닮은 사람들에겐 나름대로 애정일 테니까. 그러나… 저 천방지축 무지스레 짖어대는 개소리는 사람이 만들어낸 게 아닐까? 아마 저건 개의 외피를 뒤집어쓴 인간들의 악종惡腫을 죄다 모아 조작해 놓은 좀비 로봇이 내지르는 소리일 거야. 즉, 사람이 더욱 문제란 얘기지.'

다음날 다시 1층 집으로 가서 초인종을 울렸다. 지난번 같은 증오보다는 모종의 우울감이 마음속에 감돌았다. 상황에 따라서는 극단적으로 폭발할 수도 있기에 내심 조심스러웠다. 그러면서도 그 소녀의 어여쁜 미소가 내 울화를 잠재워 주길 은근히 바랐다.

그런데 문을 열고 나타난 건 웬 뚱뚱한 중년 여인이었다.

"무슨 일이시죠?"

"아, 네… 강아쥐가 요즘 꽤 좀 시끄러워서요."

영혼을 갉아먹고 양식을 훔쳐 가는 쥐새끼, 라고 덧붙이려다가 그만두었다.

"애구머니나, 죄송스러워요. 저도 퍽 골칫거리예요! 어디 갖다버리고 싶은데…."

"그런데요?"

"실은… 우리집 딸애가 너무 숫보기라서…. 알아보니까 애완동물을 키우면 개선될 수가 있다더라구요."

"가끔씩 들려오는 목소리나 웃음소리는 꽤 쾌활하던데요?"

"그건 방구석에서나 그렇지, 밖에 나가면 완전 숙맥이 돼 버리니 큰 걱정거리죠. 그래서 결국 다니던 대학도 휴학을 하고 지냈는데, 지난번에 복학 신청을 했다더니만 사실은 하질 않아 퇴학당하고 말았어요. 어휴, 미친 기집애…."

중년 여인은 미간을 잔뜩 찌푸렸다.

"너무 그렇게 과장하지 마세요. 제가 개소음 때문에

겪는 고통은 지극히 현실적이니까요. 아무튼 개를 키우는 건 좋아요. 문제는 개가 아니라 개소리니까요. 이웃 사람에게 피해를 안 주는 여러 가지 방법이 있잖아요?"

"방법한다… 그건 너무 잔인해서….

"아니죠. 인터넷에 나오는 그런 미신적인 방법 말고 합리적인 방법을 말하는 겁니다. 양심이니 에티켓이니 하는 한물 간 고상스런 말보다는… 그저 민주사회 시민의 자유와 권리에 따르는 책임감과 의무랄까…. 한 마디로 말해 남에게 피해를 끼치지 말아야 한다는 거죠. 이 황금률, 동서고금 만고불변의 진리를 존중한다면… 설령 어떤 부득이한 상황이라 하더라도 피해를 최소화하려는 성의를 기울여야 한다는 얘깁니다. 일반적으로 알려진 시중에 나와 있는 방법을 써 보세요. 개한테 좀 불편을 주긴 해도, 죄 없는 이웃 사람에게 지옥을 선사하는 것보다는 낫지 않을까요?"

"알았어요. 방법을 한번 찾아볼게요."

"한번 찾아보는 정도론 안 되지요. 적당한 방법을 꼭 실행해야만 합니다. 성대 수술, 목걸이, 입마개, 애견훈련 센터 등등 방법은 많으니까 부디 좀….

"글쎄, 알았다니까요. 그런데… 남자분이 너무 예민해도 세상 살아가기 힘들어요."

"남자든 여자든, 남의 고통에 둔감한 건 죄악의 소지가 있지 않을까요?… 교회 다니시는 것 같던데 이웃을 사랑하진 못할지언정 증오의 씨앗을 계속 뿌린다면 하느님께서 벌을 내리실 거예요. 아니, 제가 먼저 나서서 응징할 테니 명심하세요…. 흠, 물론 칼이나 총을 사용하진 않아요. 하지만 훨씬 더 고통스러울걸요. 따님에게 우퍼가 뭔지 한번 검색해 보라고 하세요. 층간 소음에 대한 복수용으로 인기가 있는 물건인데, 난 가능한 한 사람에겐 피해가 가지 않게끔 일단 호랑이와 사자의 포효 소릴 장착해 하루 종일 쏘아댈 거예요. 그러면 수일 내에 사랑스런 애견님께서 죽지 못해 미쳐 버릴 수도 있어요. 광견이 되는 거죠, 후후…."

"알았으니 이제 그만두세요!"

여자는 신경질적으로 소리치며 문을 쾅 닫아 버렸다.

개
포
르
노

요즘 층간 소음 문제로 인한 폭행이나 살인 사건이 이웃 간에 자주 발생하고 있다. 슬프고도 안타까운 일이다.

하지만 실상을 따져 보면 어쩔 수 없는 노릇이기도 하다. 신문 방송에 살인 사건이 보도되면 좋은 환경에서 사는 사람들은 얘기하곤 한다.

"참으로 어이없는 일이군. 죽인 놈도 나쁘지만… 어리

석긴 죽은 자도 마찬가지야. 둘 다 한심하달 밖에. 아니, 서로 잘 타협을 볼 것이지 겨우 그딴 문제로 소중스런 인생을 개굴창에 내던져 버리냔 말야? 그럴 땐 감정을 좀 죽이고 이성적으로 대처해야지….”

하지만 그렇게 말하는 사람들도 막상 자신이 그런 상황에 맞닥뜨리면 이성적이기보다는 감정적인 동물로 변질되지 않을 수 없다. 왜냐하면 그런 사건은 우발적이기보다 수많은 고통과 논쟁과 언쟁과 절망 끝에 발생하기 때문이다.

도시의 아파트 속에서는 이웃을 한번 방문하는 게 결코 쉬운 일은 아니다. 더구나 좋은 일도 아니고 서로 얼굴을 붉혀야 하는 문제라면…. 얼마나 많은 놀람과 불쾌와 불면의 밤을 지샌 끝에 방문을 결행했는지 참작하지 않으면 안 되리라. 부탁과 애걸… 그건 최소한의 인격과 생명의 요구이므로 거절당한 경우 자기도 모르게 불시에 칼로 상대의 목을 쑤시게 되는 것이다.

그들 중 누가 그런 참상을 바랐겠으며 예상조차 했겠는가? 그들은 한국 사회라는 불투명한 링 안에서 그저 생존의 복싱을 했을 뿐일지도 모른다. 괴상야릇한

룰(법)의 사각지대에서 나름대로 최선을 다한 결과 문득 평민에서 살인자로 변하고 시체로 변질돼 버린 것이다. 대체 누가 살인자고 누가 피살자인지 헷갈린다고 말하면 어폐가 있겠지만… 어쩌면 불현듯 피살자가 살인범이 되고 살인범이 피살자로 뒤바뀔 가능성은 충분했으리라.

나만 해도 얼마나 수많은 밤을 뒤척이며 살해 욕망에 시달렸는지 모른다. 그게 바로 나 자신을 죽이는 무지스런 짓인 줄 뻔히 알면서도…. 알면서도 죽이고 죽는 곳이 바로 이 잘난 한국 세상이다.

한국인의 유치한 특성 중 하나는 허장성세와 세상모르는 과대망상으로 인한 견강부회적이고 아전인수적인 착각이다.

반도인半島人의 특징이랄까. 일본처럼 섬도 아니고 중국처럼 대륙도 아닌… 이리저리 갈라진 좁은 땅에서… 그들처럼 주어진 상황을 잘 이용해 최상으로 발전하긴커녕 왠지 항상 최악의 결과를 제조해내는 듯싶다.

땅이 반쪼가리면 생각과 마음이라도 좀 통일해 창조

적으로 개척할 작정은 않고, 오히려 땅보다 더 지리멸렬 사분오열돼 자기 이익과 당파의 이득에만 붉은 뱀눈을 밝히고 있지 않은가? 조선시대 이래의 사색 오색 육색 팔색 당파 싸움… 망국亡國… 지옥의 식민지… 6·25 동족 상쟁… 기나긴 독재와 평범한 일반 국민들의 고난 행군… 지금까지도 끈질기게 이어지고 있는 지역감정….

물론 약소국을 집어삼킨 일제가 나쁘고, 은근슬쩍 남북전쟁을 불러일으킨 끝에 토끼(또는 호랑이) 닮은 나라를 반토막낸 미제와 로스케 놈들이 사악하다는 전문 연구 학자들의 심도 깊은 분석 비판도 일리 있지만… 지금 당장 오늘날의 현실을 살펴보면 꼭 그렇지만은 않은 성 싶다. 더 이상 언급하고픈 마음이 일지 않는다. 이런 꼬락서니라면 일본, 중국, 미국뿐 아니라… 여러분들이 신사와 예술의 나라라며 존숭하고 좋아하는 영국과 프랑스 또한 상황만 조성되면 언제 꿀꺽 집어삼켜 허연 이빨로 꽉꽉 씹어댈지 모른다.

아마 그런 고상스런 영불英佛 식민지 시대를 고대하는 사람도 있을지 모른다. 예전에 그랬듯이…. 결국 어느 시대에든 그랬듯 빤질거리는 놈들은 그 천국 속에서 잘 살고 진실한 국민들은 지옥에 빠져 허덕거리지 않을까?

다시 본론으로 돌아가자. 앞에서도 얘기했지만, 옛날부터 한국 사람들은 의외의 불상사가 벌어졌을 때 곧잘 이런 말을 쓰곤 했다.

"조금만 더 꾹 참고 좋게 잘 달래 보지… 서로 한 발짝씩만 양보해서 타협했더라면… 그렇게 허망스레 죽기보다 머리 손발이 닳도록 싹싹 빌어나 보지… 만약 좀 더 인간적으로… 어쩌구저쩌구…."

하지만 그건 아쉬움과 후회가 섞인 빈말에 지나지 않는다. 설령 좀 더 인내하며 선량하게 노력하더라도 결과는 마찬가지일 가능성이 크다. 아니, 오히려 더 악화되지 않는다면 다행이리라.

대체 왜 그럴까. 무슨 좋은 방법은 없을까?

현재로서는 엉망진창 오리무중이라고 할 수밖에 없을 성싶다. 사회 현실은 약육강식의 정글을 넘어 야수보다 훨씬 잔인 무정한 좀비 로봇들과 싸워야 하는 판국인데, 도덕 윤리 의식은 50년~1백 년 전의 말뚝에 억지로 매인 채 변질되다 못해 썩어 버린 상태이고, 법은 부자와 권력자 등 기득권자들의 쾌락을 강화시키는 쪽으로 어둠 속에서 점점 '개선'되어 가기 때문이다.

이미 양심이나 인성에 기대를 걸 만한 시대가 아니다. 법 없이 사는 사람이 선량하고 법이 없을수록 좋은 세상이라지만, 이제 그런 허술한 의식 따윈 버리고 오히려 좋은 법을 만들어 바르게 적용하는 게 필요하다.

그런데 우리 현실은 과연 어떤가? 대체로 여의도의 국회의원 나리들은 국민보다는 자기네 패거리의 이익을 위해서만 여의주를 굴리고 여의봉을 휘두른다. 아니 도대체 왜… 무려 애완견 1천만 마리 시대에 접어들었건만 개 소음 방지법을 제정하지 않는단 말인가? 얼마나 많은 사람들이 애완견 소음 때문에 밤잠을 설치고, 심장이 떨어질 정도로 고통당하다가 이웃싸움 끝에 살인의 흉기를 휘두르는지 알기나 하는가?

물론 애견은 필요하기 때문에 점점 늘어나고 있다. 인간의 고독을 달래 주고, 동족인 사람에게 받은 상처를 쓰다듬어 낫게 해주는 사랑스런 개들…. 그 애들이 나쁜 주인으로부터 불이익을 받지 않도록 보호해 줄 법이 필요함과 동시에 그들이 이웃 사람들을 괴롭히지 못하도록 하는 법도 필요한 것이다.

강아지들의 마음은 선도 아니고 악도 아니고 그저 백지처럼 순수할지 모르는데, 인간의 추악스런 심보에 물들어 악마견으로 성장할 수도 있다.

그런데 왜… 사람이 고성방가를 하면 즉각 경범죄에 걸려 잡혀 가는데, 개는 아무리 짖어대어도 경찰이든 구청 생활환경과 공무원이든 전혀 건드릴 수가 없는가?… 관련 법 규정이 없기 때문이다. 왜 그럴까? 혹시 널따란 호화주택에 거주하는 국회의원 나리들은 외국 희귀종 애완견뿐만 아니라 초대형 파수견까지 키우고 있기에 (놈들이 계속 맘껏 짖어댈 수 있게끔) 소음방지법 따윈 무시하는지도 모른다.

다른 방면에선 미국을 잘도 모방하시는 분들이 왜 민생에 꼭 필요한 현실엔 오불관언인가? 혹시 그이들은… (온갖 수단 방법을 다 동원해 당선하셔서 금배지를 단 선량이 되긴 했지만 내면적으론 일반 보통 국민보다 훨씬 저급하기에)… 타인의 고통을 통해 자기 존재의 행복을 시시각각 확인하는 망나니가 아닐까? 그래서 그들과 그들의 똘마니인 일부 공무원들은… 자기 이익을 위해서는 최선을 다하면서 대한민국의 현실과 미래는 히히 웃어대며 방

치하는 게 아닐까.(그네들이 하는 일을 보면, 항상 최선을 지향한다고 허풍을 떨면서도 막상 뚜껑을 열어 보면 최악의 상황이 벌어지곤 한다.)

앞에서 조금 실언을 한 성싶다. 법은 필요하지만 사실 요즘도 양민들에겐 필요하지 않다. 사회 현실이 조금씩이나마 개선돼 사람이 사람답게 살 만하다는 희망을 지낼 수 있게 된다면 개보다는 이웃 사람과 쉬이 정을 나누게 되지 않을까?

모든 상황에는 장점과 단점이 동시에 숨어 있다고 한다. 아무리 좋은 형편에도 약점은 들어 있고 반대로 아주 나쁜 처지에도 강점은 숨쉬고 있다는 얘기다.

계속되는 위층의 소음이 만들어내는 악조건에도 불구하고 나는 마음속으로 전화위복과 새옹지마에 대해 심사숙고하면서 가능하면 최악의 상황 속으로 다가가지 않으려고 애썼다.

하지만 나도 모르는 새 점점 그쪽으로 조금씩 들어서고 있었다. 그 후에도 몇 번 방문해 정중히 부탁했건만, 여자는 자기 딸애(예뻐라는 이름의 개)가 성대 수술을 무

서워한다느니, 목테를 채워 놓았었는데 스트레스를 못
견뎌 제 발톱으로 눈을 후벼 파 피를 흘렸다느니 구시
렁거릴 뿐이었다. 딸애는 잘 보이지 않았다. 증오와 애
정의 양가감정 속에서 나는 현실의 벽에 막힌 욕구불만
을 상상과 몽상과 망상 등으로 조금이나마 해소하려 시
도했다. 그건 어떤 방법이었던가? 미리 계획해서 시도
했다기보다 자연스런 현상이었다.

단잠 속의 아름다운 꿈이나 어렵사리 도달한 그윽한
명상의 열락이 개 한 놈 때문에 일순간 박살나 버릴 경
우, 또는 아주 중요한 사색을 하는 도중 놈이 불현듯 광
견인 양 마구 짖어대 아이디어가 달아나고 심장이 쿵쿵
뛰며 쿡쿡 쑤실 땐 딱 미칠 지경이었다.

처음엔 개를 향해 욕을 했는데 별 효과가 없을 뿐더러
맞대거리로 더 요란스레 왈왈거렸으므로 울화증만 한층
심해졌다. 죽이고 싶었다. 목을 콱 밟아… 그리고 입주
둥이 속에 대못을 하나 세로로 찔러 넣어두고 싶기도….
언젠가 오래 전에 개도둑 악당이 어느 방랑 백구白狗의
주둥이를 철사 줄로 꽁꽁 묶어 두었는데 백구가 필사적
으로 탈출하려다가 주둥이가 반나마 부러져 참혹한 꼴

로 울부짖는 걸 인터넷에서 본 적이 있었다. 너무 끔찍해서 인간의 악마성에 치를 떨었었는데 이제 내가 직접 그런 짓을 해보고 싶을 지경이었다.

'아, 하지만 개놈한테 무슨 큰 죄가 있겠는가. 인간의 악을 모방하고 무비판적으로 받아들인 무지스런 불찰밖에 없는데…. 그러나 설령 네 주인이라 하더라도 무분별한 모방 동조죄는 사면해 줄 수가 도저히 없다. 그러므로 네 목과 여주인의 목을 잘라 서로 바꿔 붙여 역지사지易地思之의 미덕을 향유하게끔 선고하노라.'

그런 상상은 끔찍할수록 짜릿한 모종의 쾌감을 주고 울화를 가라앉혔기에 점점 더 엽기적인 망상의 장면을 불러일으켰다. 내 아무리 추악한 성격의 소유자일지언정 그 기괴망측한 장면을 다 드러내 보이기는 사실상 부끄럽다.

하지만 오래 지속하긴 어려웠다. 날이 흐르고 반복될수록 흥취가 사라져 무감각해졌을 뿐더러 나 자신의 심성만 점차 훼손되는 성싶었기 때문이다. 그래도 개놈의 고성방가는 계속되었기에 무슨 방도를 찾아내지 않으면 조만간 심장이 팡 터지고 미쳐 버릴 지경이었다.

이사를 가는 방법이 가장 좋겠지만 돈이 문제였다. 유리창을 살짝 깨 쇠고기 같은 걸로 개놈을 유인해 내어 목졸라 죽이고 싶었으나 경찰 조사로 곧 뽀록날 것만 같았다. 아마 제1순위 용의자로 지목될 테니까. 정신집중법을 수련해 염력으로 소리 소문 없이 없애 버리면 제일 좋으련만…. 오히려 고요히 명상에 집중한 상태에서 개놈의 괴음이 터지면 훨씬 더 깜짝 놀라 울화증 지수가 높아졌다.

그런 어느 날, 문득 위층 어여쁜 아가씨의 허연 젖가슴을 떠올리며 연분홍색 유두를 깨물고 쪽쪽 빠는 공상에 빠져 보는 순간, 심장의 통증과 울화가 봄눈 녹듯 서서히 사라지는 것이었다.(그 전에도 그녀를 생각하곤 했지만 어디까지나 플라토닉한 정감이었는데 그건 실재적인 고통 앞에선 찰나의 위안으로 절단 났다.)

물론 파렴치한 짓을 계속하고 싶진 않았으나, 즉효약과 비슷했으므로 생명과 건강을 위해 임시방편으로 삼지 않을 도리가 없었다. 사실 육체적인 음욕은 일순간의 쾌감을 줄 뿐이로되 정신적인 상상은 천국의 길목으로 초대하는 듯싶었다. 다만 개소리만 아니라면….

갑작스런 놈의 괴음이 극성스러워질수록 마치 마약 중독자가 흡입 도수를 높이듯 음란한 공상은 점점 괴상망측한 포르노 망상으로 변질돼 갔다. 그러다가 마침내 공상을 넘어 현실에서 욕망을 채워 보기로 작정했다.

처
녀
의
방

그녀, 솜희는 내게 길이 잘 든 예쁜 애완견이기도 했고 시녀이기도 했다.

좀 부끄러워하긴 해도 빨라면 빨고, 엎드리라면 고분고분 엎드렸다.(난 정상 체위가 좋긴 했지만 가끔 예전에 개새끼로부터 받은 고통이 떠오르면 발작적으로 새디즘 증상이 발동해 그런 지시를 내리곤 했다. 하긴 곧 마음속으론 겸연쩍어지면서도 짐짓 냉정스레 위악을 부렸던 셈이었다.)

그녀는 자기 취향보다는 내 입맛에 맞춰 요리를 했으며, 워드 타이핑뿐 아니라 간단한 교정까지 맡아 해냈다. 이를테면 그녀는 결혼하지 않은 아내이자 비서였으며, 연인이자 살짝 미친 정부情婦였다.

한편으로 불안감이 전혀 없진 않았다. 실종된 상태인 그녀(솜희)의 엄마가 어디서 살해되었는지, 남모를 고민으로 자살했는지, 알코올 또는 무슨 약물에 중독돼 헤매다가 엉뚱한 사고라도 당했는지, 혹은 인신 장기 매매범에게 납치돼 버렸는지 오리무중이기 때문이었다.

이 좁은 한국 땅에서 한 해에 2만여 명, 즉 하루 50여 명의 여자들이 소리 없이 사라져 버린다는데, 왠지 놀랍기보다 '그런가 보지 뭐.' 하고 생각되는 자체가 도리어 더 기이하다. 매일 무수히 돌발하는 사건 사고에 일일이 다 신경 쓰다가는 누군들 중요한 일상생활을 제대로 못할 터였다.

하긴 그게 더 좋을 수도 있다. 경찰에 실종 신고가 들어가도 특별한 경우가 아닌 한 일단 가출 사건으로 처리된다고 한다. 나로서는 사실이 분명히 밝혀지기보다 애매모호한 상태로 유지되는 게 나을 성싶다. 살해든 자살이든 납치든 실상이 명백해져… 그 충격으로 인해 솜희가 더 심하게 미쳐 버리는 것도 싫거니와, 반대로 혹시 정신이 번쩍 들어 정상적인 여자로 변하는 것도 꽤 염려스러웠다고나 할까.

물론 모종의 의혹을 느낀 경찰이 본격적으로 수사를 시작한다더라도 내가 크게 겁낼 일은 없었다. 난 그저 내 삶에 피해를 주는 뻔뻔스런 그 여자가 죽거나 인신 밀매범에게 납치돼 사라져 버리길 심혈을 모아 바랐을 뿐이었다. 가능하다면 염력으로 아무 흔적 없이 몰아낸다면 좋겠다고 간절히 소망하긴 했었기에… 약간 미안스런 마음은 가슴속에 늘 잠재해 구더기처럼 꿈틀거렸다. 물론 내게 그런 초능력을 구사할 만한 기술이 있다고 믿진 않았으나, 그 당시 너무 강렬한 증오심을 쏟아 염원했기에 조금쯤 얼떨떨하고 착잡한 심정이었던 셈이다.

무엇보다… 원래 심약하고 몸도 약한 솜희가… 원한 품은 계모의 혼귀가 부리는 해꼬지로 인해 지금과 전혀 다른 험악한 인격체로 변질돼 버리지 않을까 싶어 불안스러웠다. 나에 대한 그녀의 복종과 사랑은 여전히 순수했으나, 반쯤 미친 여자의 정신 상태는 언제 어느 쪽으로

기울지 예측할 수 없는 것이다. 가능하면 재빨리 그녀의
재산을 내 앞으로 빼돌려 놓고 싶은 마음이 들기도 했다.

이런저런 암귀暗鬼에 시달릴 땐, 차라리 지하방에서
청정한 마음으로 고뇌하며 꿈꾸던 때가 그리워질 지경
이었다.

솜희는 별로 변한 성싶지 않았다.

그닥 슬퍼하지도 않았다. 계모와 양녀의 애증 관계 때
문이라기보다 도리어 애증의 감정이 없기에 그런 게 아
닌가 싶을 정도였다. 적어도 겉으로 보기엔….

그녀는 계모가 친아빠를 꾀어 어딘가 머나먼 곳으로
함께 불귀不歸 여행을 떠나 버린 게 아닐까 하고 걱정했
다. 간혹 한 번씩 들르던 괴짜 화가(솜희 아빠)는 언제부
턴지 통 나타나지 않았다.

솜희와 달리 내 생각엔 그 자칭 유니크한 천재 화가께
서 내연녀를 데리고 계획적인 여행을 떠난 게 아닌가
싶었다. 인생의 방해물을 이국異國의 바닷속에 던져 버리
기 위해….

언젠가 불쑥 냉엄한 얼굴로 나타난다면 어찌 정시하

고 대면할 수 있을까. 그는 자기 딸을 농락한 나를 기괴한 방법으로 죽이려 하지 않을까?

심란스런 나머지 간혹 지하 골방으로 내려가… 거미줄이 마구 쳐진 음습한 곳에 앉아 옛 추억에 잠겨 보기도 했으나… 무덤 속 같은 느낌을 견디기 힘들어 곧 뛰어 올라오고 말았다.

오, 인간 마음의 간사스러움이여!… 순수 정신은 신에게까지 가 닿는다는데, 짐승보다 순순하지 못한 인간 마음…. 그러나 어찌하랴.

감옥 같은 지하방엔 다시 내려가고 싶지 않았다. 그곳은 돈 버는 능력 없는 사람이 갇히는 자본주의의 감옥이랄까.

때론 솜희에 대한 애증의 감정도, 그녀가 물려받을지모를 재산에 대한 욕망도 다 팽개치고, 어디론가 훨훨새처럼 날아가고 싶었다. 하지만 그녀는 이미 나의 반쪽이 된 상태였고, 또한 중요한 원고를 완성하는 데 최소한 1년은 더 걸릴 듯싶었기에 일부러 옴짝달싹하지 않았다. 그 미지의 시공간은 내가 모르는 새롭고 기괴한체험이 될 수도 있을 터이기에….

솜희의 본래 이름은 미소였다.

예전에 한창 개 소음으로 괴로움을 당할 때, 스트레스를 풀기 위해 욕설을 내뱉지 않을 수가 없었다. 처음엔 개놈한테 퍼붓다가 별 효과가 없자 개 주인인 중년 여자를 향해 독설의 화살을 날렸다. 그것마저 불발 또는 두꺼운 쇠가죽 입술에 튕겨나 버린 다음엔 어여쁜 딸을 목표로 삼아 야리꾸리한 음담을 뇌까렸다.

미소야, 너의 유두를 빨고 싶어. 허연 유방을 주무르면서 발간 젖꼭지를 깨물어 피를 빨아먹고 싶단 말야…(개소리가 정말 울화를 돋을 때 도수가 더 높아졌다)… 미소야, 이리 내려와서 펠라치오 한번 해줘. 뭐, 뭔지 모른다구? 흐흣, 네 고운 입술로 내 좆을 따스하고 촉촉하게 쪽쪽 빨아 달란 말야. 아, 정액을 자기 입속에 싸넣고 싶어….

그러노라면 울화증과 증오심이 사라지고 고통스레 팔딱거리던 심장이 편안해졌다.

육체적인 자위행위가 목적이 아니기에 창가에 앉아 모과차를 한잔 마시며 목소릴 내기도 했다. 너무 커도 안 되고 너무 작아도 효과가 없으므로 아슬아슬한 줄타기가 중요했다. 성우처럼 조절하는 기술이 필요했다. 때론 격한 나머지 발작적으로 소리를 내지르기도 했다. 미소의 이름이 들어가야만 마약 같은 효과가 있었다. 그럴 땐 위험하기도 하거니와 좀 겸연쩍은 느낌에 얼굴이 화끈 달아올랐다.

그래서 고민 끝에 살짝 거꾸로 바꿔 소미라고 부르다가 자연스레 한결 부드러운 솜희로 낙착됐던 것이다. 그게 훨씬 더 그녀의 이미지에 어울리는 성싶기도 했다. 또한 위층의 계모와 딸이 어느 정도 살짝 암시는 받아야 하므로 더 좋은 이름을 짓느라 심사숙고할 필요도 없었다. 솜희… 하고 부르면 내 심신도 잘 반응했다.

그렇다고 개소리로 인한 고민과 괴로움이 다 가신 건 아니었다. 개뿐만 아니라 계모의 목소리도 점점 듣기 싫어졌다.

특히 솜희가 아버지 따라 제주도 여행을 다녀온 후부터는 개도 계모도 더 발광을 부리는 듯싶었다. 마치 약 올리기라도 하듯 둘이 함께 앙칼지게 막 떠들어대며 키득거리는 것이었다. 사람도 개도 아닌 미친 잡귀가 함께 작당해 인간들의 삶을 조롱해대는 것만 같았다.

그런 마귀들과 한 공간에 사는 솜희가 안쓰러운 한편 아무 소리도 않고 침묵을 지키는 꼴이 답답해 '멍청이 계집애'라고 욕을 퍼붓기도 했다. 얄미운 개놈의 콧등을 각진 막대기로 힘껏 내려치고 싶었다.

개는 주인을 닮는다. 사람 자식도 지랄 부리면 교육 삼아 따끔히 매질하는데 쌍잡귀들이 맞장구치며 놀아나는 작태를 지하 골방에서 듣자니 속이 부글부글 끓어 신령의 초능력을 빌어서라도 꼭 응징하고 싶었다.

그냥 개를 죽이는 정도로는 안 된다. 더 지독한 놈이 들어올 수도 있으니까. 계모 년을 몰아낸 다음 내가 위층 집으로 입성하여… 숱한 밤을 한숨지으며 공상하던 대로… 개놈의 목을 졸라 죽인 뒤 솜희에게 보신탕을 끓이게끔 명한다. 아마 처음엔 거절할 테지만, 겁이 많으므로 한두 번 윽박지르면 마지못해 순종하리라.

깻잎과 들깻가루를 잔뜩 넣은 개장국을 안주 삼아 생소주를 얼근히 마신 후… 솜희를 냉큼 안아 들고 침대로 가서 던지듯 내려놓는다. 만일 고분고분 응한다면 나도 무례에 대해 사과할 용의가 있겠지만, 거세게 반항한다면… 나 또한 술기운만이 아닌 광기 어린 열정으로 마구 유린할 작정이었다. 애정뿐 아니라 오래된 증오의 감정 역시 가슴 한구석에 엉겨 붙어 있었으므로….

사실인지 거짓인지 아직 명백하진 않지만, 애시당초 그녀 때문에 개를 키우게 됐다고 계모가 말한 적이 있었 지. 어쨌든 일단 사태가 벌어지면 골방의 몽상보다 훨씬 격렬히 솜희의 연분홍색 감도는 입술을 빨고 목과 젖가 슴을 깨물어 피를 흡입하고 아랫배와 불두덩을 매만지 다가 합궁하여 마침내 애증 어린 정액을 쏴 넣으리라….

아무튼 우선 매일 새벽과 밤의 명상 시간에 미숙한 대 로 정신 집중하여 신령의 에너지를 내려 받아 보려 시 도했다. 이제 설령 개놈이 불현듯 짖더라도 이전처럼 깜 짝 놀라 흐트러지기보다, 더 첨예하게 일심을 모아 번개 처럼 번쩍 골수를 내리쳐 선악의 경계와 생의 이치를 깨닫게 해주리라….

그런데 신비스런 일이었다. 고요 속에 침잠하여 명상 이 점점 깊어지면 어느 한 순간 문득 머릿속이 '소리 없 이 찰칵' 하면서 텅 비고 무한한 평온이 살며시 깃들었 다. 그러면 증오도 사랑도, 후회도 욕망도, 선악 분별심 도, 진실과 허위도 이해득실도 싹 사라져 버리고 찰나

찰나가 고귀한 안락감으로 충만했다. 지하방을 떠나 아름다운 낙원으로 들어선 느낌이었다. 그 속에 있으면 복수심이나 정욕으로 괴로워할 필요가 없었다. 그래도 이따금 한 번씩 개소리에 의해 천국으로부터 쫓겨나면 염력 에너지로 잡귀들을 쫓아내기 위해 배전의 정신적 노력을 쏟았던 것이다.

그런데 의외의 일이 발생했다.

원래는 염력을 사용 가능한 만큼 축적한 다음 일단 개놈부터 시범적으로 먼저 제거할 작정이었다. 그 전후에 은근슬쩍, 남에게 피해를 주면 천벌 받으니 조심하라고 운을 띄운 채 반응을 살펴보다가, 만약 뉘우치긴커녕 코웃음이나 치며 딴 개를 사들여 계속 해꼬지를 한다면 마침내 비장의 신령 에너지로 응징해 버릴 계획이었다.

헌데 아직 모기나 파리 한 마리조차 폭사시킬 만한 초능력을 기르기도 전에 홀연 계모가 사라져 버렸던 것이다. 좀 시원섭섭한 기분이었다. 혹시 나도 모르는 새 염력이 부쩍 증강된 게 아닌가 싶어, 손등에 앉은 모기를 향해 염력을 내쏘아 보았으나 녀석은 멀쩡히 피만 잔뜩 빨아 먹었을 뿐이었다. 손바닥으로 찰싹 쳐서 죽이는 게 훨씬 간단했다.

그런데 그 계모 여자는 갑자기 어디로 사라져 버린 걸까? 아마 내 염력에 피격당하기보다 뺑소니 교통사고, 강도 강간 살인, 장기 밀매범 납치 따위의 이유로 증발됐을 확률이 훨씬 더 높아 보였다. 그녀가 어느 무허가 건물에서 결박된 채 살아 숨쉬는 동안 눈알이 뽑히고 심장과 허파와 간과 창자를 적출당하는 장면을 상상하자 후련하기보다 징그러웠다. 만일 개놈이 이전처럼 짖어댔다면 그 장면은 징그럽고 끔찍스러울수록 더욱 감미롭게 느껴졌으리라.

헌데 왠지 놈은 계속 조용하기만 했다. 물론 예전에도 계모가 외출한 뒤엔 큰 소리를 내지르지 않았지만, 이번엔 늑대 흉내 울음도 낑낑거리는 소리도 내지 않고 잠잠해서 이상스럴 지경이었다. 혹시 솜희가 먹이를 주지 않아 굶어 죽었을까, 또는 귀찮은 나머지 내다 버렸을까?

어쨌든 이제 개 따윈 관심의 대상이 되지 않았다. 중요한 문제는 계모의 행방불명 상황이었다.

솔직히 말해 그녀가 죽었는지 살았는지는 전혀 궁금하지 않았다. 다만 오직 다시 돌아오지 않기만 바랄 뿐이었다. 만일 유유히 귀가해 예전처럼 변한다면 얼마나 끔찍할까! 그래도 어찌 된 전말인지 알고 싶어 틈틈이 추리를 계속했다. 물론 오리무중 속의 맴돌기였지만….

다만 조금 꺼림칙한 사실이 있긴 했다. 솜희 또한 개보다 더 조용해진 점, 그녀가 아빠와 함께 제주도를 비롯한 섬 여행을 다녀온 후 부부간에 대판 싸움이 벌어졌고, 그 다음부터 남편이 방문하지 않는 점, 실종…. 그런데도 솜희는 가만히 있으니 의문과 의심은 점차 증폭돼 가지 않을 수 없었다.

지하에서 내가 아무리 추측하는 것보다, 아마 솜희가 더 잘 알고 있겠지. 어찌됐든 일단 한번 올라가 보는 게 좋을 성싶었기에 지하방을 나와 계단을 걸어 올랐다.

이 해동 빌라에 사는 사람들은 이사를 올 때가 아니라 나갈 때 이웃집에 선물을 돌리는 일종의 전통이 있어 묘하고 정다운 느낌이었는데, 그때뿐이고 일상적으로는 여느 곳과 마찬가지로 얼굴이 마주치면 메마른 인사나 나누는 정도였다.

아마 누군가가 먼저 엉겁결에 시도를 했는데… 예를 들면 이사 때 가져가기 어려운 포도송이 같은 걸 가벼

운 마음으로 돌렸는데… 그걸 받은 사람이 흐뭇함을 느
낀 나머지 자기도 떠날 때 제철 과일을 선물하는 습관
이 소박한 전통으로 남은 듯싶었다. 언젠가 옥탑방에 살
던 사람이 떠나가면서 남녘 고향 특산물이라며 유자청
한 병을 선물했는데, 다른 사람은 어찌 생각했는지 몰라
도 난 무척 고마운 마음으로 받았다. 상표에 유자와 함
께 설탕이 50%나 섞였다는 성분 표시를 보고 설탕을 싫
어하는 난 질겁했으나, 가끔 따스한 물에 타 마시며 인
간의 정이 무엇인지 음미했다.

만일 1층집 개소리의 방해만 아니었더라면 설령 지하
방일지언정 내겐 소소한 천국이었다. 딴 건 별로 바라지
않았다. 상대적인 궁핍감도 무정함도 괜찮았다. 다만 큰
치명적 훼방만 하지 않는다면….

솔직히 말하자면 난 이웃 사람들과 정감을 나누기보
다 오히려 무심히 지내는 게 더 좋았다. 성격상의 결함
일 수도 있겠지만, 제 아무리 허심탄회한 호인일지라도
집주인과 세입자, 지상층 세입자와 지하(혹은 옥탑)방 거
주자 사이엔 층간 괴리감이 존재한다는 사실을 느꼈기
때문이었다.

조선시대도 아닌 터에 가주家主와 세입자 사이엔 신분 차별이 분명 있는 것이다. 서른 살짜리 젊은 집주인(또는 아들)이 여든 살의 노인 세입자에게 방약무인할 순 있어도 노인은 가능한 한 공손해야 한다. 그런 진실은 동갑일 때 더 확연히 드러난다. 집주인은 반말을 지껄일 수 있어도 세입자는 아니꼽더라도 존댓말을 하게 된다. 수틀리면 전세금 증액 또는 퇴출 가능성이 눈앞에 다가오기 때문이다. 그건 분명 왕조시대에 못잖은 권력이다. 그걸 제도적으로 개선하지 않는 한 대한민국은 아직 진정한 민주주의 사회가 아니지 않을까?

그렇다 보니 온갖 별의별 범죄가 만연하는지 모른다. 탈법과 비법으로라도 집 한 채를 마련해 가족과 함께 오순도순 살아보기 위하여….

극단적인 공상을 실행하기 전에 일단 구청에 먼저 문의해 보았었다. 생활환경과 담당자는 법 규정이 없어 난감하니만큼 주택 거주자들의 탄원서부터 한번 받아 와 보라고 조언했다. 주민의 힘을 모으면 생활 속의 악을 제재할 수도 있다는 얘기였다.

그래서 '민주 총회'를 위한 순례를 지층부터 옥탑방까

지 시도했었다. 의외로 어려워 사흘 동안 계단을 오르내렸으나 성과는 전무했다.

우선 지하층 좌측에 사는 40대 중반의 아저씨는 '난 모르겠수. 노가다로 좃뺑이 쳐서 방값 내고 나면 겨우 입에 풀칠이나 하는 판에 뭔 개소린지 뭔지…. 혹시 일당 싸움이라면 이빨을 드러내고 으르렁거리겠지만서도 개싸움엔 별 관심 없수다…. 여기 평생 말뚝 박을 것도 아니구 이해하며 살아야지 뭐. 이사를 가든지…. 가끔 기절초풍할 정도로 기괴망측스런 악담까지 막 내지르시던데, 차라리 직접 실행해 버리쇼. 흐흣, 이만 잠 좀 자야겠으니 잘 가슈….'라고 이죽거리곤 문을 쾅 닫아 버렸다. 같은 지층인데도 생각이 달라 무척 안타까웠다.

2층엔 노인네들이 살고 있었는데 귀가 먹어 내가 고함을 질러대도 못 알아듣고 눈만 멀뚱멀뚱했다.

건물주가 사는 3층 집은 벨을 눌러도 아무런 대꾸가 없었다. 무슨 가게를 운영하기 때문에 만나기가 어려웠다. 전화를 해볼까 하다가 그만두었다. 늘 똑같은 소리가 나오기 십상이었기에….

그들은 1층에서 살인적인 소음이 난다는 사실을 아예

이해하지 못했다. 하긴 소리가 아무리 요란스럽더라도 위쪽 허공으로 올라가는 동안 많이 약화됐을 테고 또한 이중 삼중창을 달아 놓으면 어쩜 남의 고통이 꽤 감미롭기조차 할 터였다. 그리고 사실상 주택 창건자이긴 해도 1층만큼은 분양을 한 상태였으므로 굳이 나서서 세입자의 고충을 변호해 동료 계층의 기분을 상하게 할 필요는 없었으리라.

옥탑방에 사는 사람은 지하층의 고충에 대해 공감하긴 했으나 굳이 탄원서에 서명해서 어떤 불이익을 받고 싶진 않은 눈치였다. 다른 면에서 많이 불편하긴 해도 아래층의 소음 같은 건 먼 기적 소리나 뱃고동 소리인 양 아스라이 들려와 오히려 옛 추억을 자극하고 미지의 세계를 동경케 한다는 것이었다.

결국 아무런 소득 없이 터덜터덜 내려올 수밖에 없었다.

1층집 앞에 선 채 잠시 한숨을 내쉬었다. 시멘트와 회칠과 강철과 페인트로 이뤄진 집… 무정스런 정글 속의 아지트랄까. 살아남기 위해 이기적으로 누구라도 공격할 수 있는 본거지. 설령 이기적으로 살더라도 남에게 피해만 주지 않는다면 아름다울 수도 있는 둥지….

언젠가 떠날 때 이 집과는 과연 어떤 선물을 주거나 받게 될까? 아마 본뜻과 달리 변질된 상황만 남아 있으리라.

나는 계단을 살짝살짝 밟아 1층집으로 걸어 올랐다. 사실 많이 변했다. 한 달 전과 달리 개소리도 째지는 듯한 여자 목소리도 나지 않았다. 그토록 시끄럽던 마귀의 소굴이 오히려 다른 집보다 더 고요해졌다.

'솜희는 대체 뭘 하며 지내고 있을까, 혹시 죽어 버린 건 아닐까?'

호기심보단 걱정이 좀 더 앞섰다. 그녀를 찾아가는 게 어딘지 겸연쩍고 이상하다는 느낌 때문에 되돌아설까 망설이면서 굳이 발을 계속 옮겨 놓은 건 그런 한 점 염려 때문이기도 했다.

1층집 문 앞에 선 나는 긴장을 삭이기 위해 심호흡을 몇 번 했다.

혹시 그 순간 누군가와 마주쳤더라면 상대방은 야릇해 하고 난 퍽 당황스러웠으리라. 아니, 어쩌면 그냥 인형 같은 얼굴을 유지한 채 제 갈 길로 가지 않았을까 싶다. 믿기 어려울 정도의 일상적인 무심함… 그 당시엔 그게 훨씬 편하고 자연스러웠다.

숨을 죽이곤 벨을 꾹 눌렀다.

아무런 대꾸도 인기척도 없었다. 다시 한 번 더 시도했으나 마찬가지였다.

차라리 개놈이 전처럼 왈왈 짖어댄다면 안도감이 들 성싶었다. 놈은 사람이 집에 없을 땐 결코 짖지 않았다. 사람에 의지해 빌붙어 발광해대는 잡귀인 셈이다.

그럼 안에 솜희가 없단 말인가? 설마 계모 찾아 삼천리 길에 나섰을 리는 없고, 혹시 죽어 버린 시체 꼴로 구더기들과 함께 살아 꿈틀대고 있지 않을까 하는 걱정 섞인 불안감이 뇌리를 휘감았다.

세 번째로 벨을 길게 누른 후 돌아서 내리려는데 "누구세요?" 하고 겨우 들릴 듯 말 듯한 가냘픈 소리가 흘러나왔다.

"등기우편 왔어요." 하고 속이려다가

"지하에 사는 사람인데 왠지 이상스러워서 와봤어요." 하고 사실대로 고백했다.

의외로 찰칵 하는 부드러운 소리를 내며 문이 열렸다.

난 한층 더 깜짝 놀랐다. 하얀 잠옷 차림인 그녀는 마치 유령 같았다. 창백하고 핼쑥한 얼굴로 인해 원래 크던 눈이 더욱 커져 퀭했으며 핏기 잃은 입술엔 거스러미가 일어 있었다. 소녀 같던 모습이 수척해서 그런지 늙어 보이는 인상이었다.

"어찌 오셨어요?"

가녀린 목소리로 물으며 여윈 팔을 들어 헝클어진 머리칼을 매만지려던 그녀는 내 대답을 듣기도 전에 휘청하더니 짧은 신음소리와 함께 허물어져 내렸다.

난 급히 뛰어들어 그녀의 머리가 바닥에 부딪히기 전에 겨우 받쳐 안았다. 그리고 거실 한구석의 소파 위로 옮겨 뉘었다. 꽃잎 마냥 가벼운 느낌이었다.(하지만 웬일인지 문득 일순간이나마 그녀의 몸속에서 죄의 무게를 찾아내보고 싶기도 했다. 그리고 가능하다면 응징도….)

솜희는 속눈썹이 긴 눈을 감고 누운 채 죽은 듯 숨소리도 내지 않았다. 걱정스런 나머지 코 밑에 손가락을 갖다 대 보기도 하고, 가슴께에 귀를 살짝 대 보기도 했다. 투명하리만큼 하얀 목에 얼비친 푸르스름한 정맥이 팔딱팔딱 뛰는 게 얼핏 눈에 띄었다. 건강인의 목에서 펄떡펄떡 뛰는 힘찬 맥동보다 외려 더 생명이 분명히 느껴졌다.

난 가만히 있었다.

처음엔 보풀 인 입술이 애달파 쪽쪽 빨아서 없애 주고 싶었는데… 왠지 팔딱거리는 목을 콱 깨물어 피를 빨아 먹고… 잿빛 스웨터를 걷어 올린 다음 처녀다운 새하얀 유방과 핑크빛 유두를… 예전에 지하 골방에서 몽상했 듯 빨고 싶은 격한 욕망을 느꼈다.

사실상 여건은 공상 때보다 잘 갖춰져 있었다. 아무런 방해자도 없다. 본인마저 방해하지 못한다…. 잠옷 차림 은 별로 상상해 보지 않았는데, 침대에 누운 여자는 스 웨터도 예쁘겠지만 역시 부드러운 가운 차림이 더 아름 다우리라. 잠옷 깃을 살짝 젖히면 봉긋한 가슴을 감싼 브래지어가 드러나고, 그걸 벗기면….

여긴 혹시 꿈속의 연극 무대인가? 언젠가 들어와 보 고 싶었던 곳, 그리고 그녀의 몸…. 마음만 먹으면 훨씬 쾌적한 상태에서 이 쌍년을 몽상 속에서보다 더 리얼하 게 유린할 수가 있다. 내 가슴속에선 그녀에 대한 애증 의 감정이 뒤섞인 상태였다.

얼마 전까지 개놈 새끼가 짖어대는 괴성에 괴로워하

며 복수심에 불타던 상황을 떠올리면, 감상에 젖은 자신이 한심스러웠다. 그래서 그 당시의 악감정을 억지로나마 자아내… 입술을 빨면서 한 손으로 처녀의 아랫배를 쓰다듬다가 슬슬 내려 무성한 수풀을 지나 삼각주 두덩 밑의 좁은 질구 속으로 손가락, 아니 페니스를 넣어 클리토리스(음핵)를 매만진다.

하지만 아직 만족할 수 없다. 부드럽게 어루만져 쾌감을 안겨 주기보다 차라리 강간을 자행해서 고통스레 처녀막을 찢고… 땀방울 맺힌 고운 이마 위에 처녀혈을 발라 주고 싶다. 그러고 나면 철천지원한과 복수심이 사라지려나…. 그동안 당한 심적 고통과 귀한 시간의 훼손을 생각하면 심장을 꺼내 먹어 보고 싶을 정도였다.

난 잠재된 야수의 마음을 꺼내기로 작정했다. 한 손으로 그녀의 머리카락을 살살 쓰다듬으며 다른 한 손으로 잠옷 자락을 걷어 허벅지 위로 올리려는 찰나, 문득 이상스런 감촉이 다가와 멈추게 했다. 슬금 내려다보니 개 녀석이었다. 혀로 손등을 핥다가 고갤 들어 말끄러미 쳐다보았다. 그 눈에 예전의 앙칼스럽던 기색은 사라지고 뭔가 애처로이 호소하는 성싶었다. 부디 흑심을 버리시고 따스한 마음으로 착한 자기 아가씨를 살려 달라는 듯….

내 눈에 서린 증오감을 눈치챈 놈은 말없이 고개 숙여 솜희의 하얀 손을 핥았다.

그녀의 손은 파르르 떨고 있었다. 난 놈을 밀쳐 버린 뒤 그 가녀린 찬 손을 잡고 열심히 주무르기 시작했다. 계집년, 설마 죽지는 않겠지. 일단 살려 놓은 다음 맛있게 요리해 먹어야지. 차츰 온기가 돌아와 내 손의 온기와 섞였다. 남자의 기와는 다른 부드러운 기운….

개 녀석이 낑낑거리며 감사의 염을 표했다. 폴짝대고 빙빙 돌면서 고개를 까딱거렸다. 혀로 손등을 핥으려서도 내 기분을 고려해 감히 들이대진 못했다. 예전 같으면 놈을 보는 순간 목을 짓밟아 버렸으련만… 어찌 저렇게 변했는지 궁금하고 의심쩍어 일단 놔두기로 했다.

문득 녀석이 솜희의 얼굴을 바라보며 기쁜 표정을 지었다. 그녀는 서서히 눈을 뜨고 있었다. 긴 속눈썹이 맥없이 깜박거렸다. 동화에 나오는 잠자던 숲속의 공주보다 훨씬 더 아리따웠다.(영화나 드라마에 등장하는 여주인공의 화장이 벗겨지면 실망하는 경우가 있는 데 비해, 현실의 여자 혹은 남자가 비일상적인 상황에 처해 심리적 화장이 벗겨지고 무심무아일 때 미지의 매력이 생겨나기도 한다.) 동화 속의 백마 타고 온 왕자처럼 달콤한 키스로 잠깨우는 기회를 잃은 게 아쉬울 지경이었다. 그 정도로 난 순간적인 환상 속에 빠져 있었다.

"병원으로 가야 하지 않을까요?"

그렇게 물어 본 것도 실은 환상에서 벗어나 현실로 돌아와야 한다고 생각되었기 때문이었다.

"아니, 아녜요… 이제 괜찮아요."

솜희는 살살 도리질을 하며 속삭이듯 말했다. 내 귀엔 옥구슬 소리인 양 감미로웠다. 나 또한 내심으론 병원을 멀리하고 싶었다.

"그래도 너무 허약해져서 검진을 한번 받아 봐야…"

"제 말을 안 믿으신다면 섭섭해요. 정말 괜찮다니까요…. 아저씨가 옆에 계시니 차츰 힘이 나요."

그녀는 살풋 미소를 지었다. 눈에 빛이 점점 돌아오고 야윈 뺨엔 연한 장밋빛이 살짝 감돌았다.

"그래도 위험해요."

"음, 괜찮다니까요. 왜 자꾸 거짓말을 하려구 애쓰세요?"

난 입을 다물었다. 속이 뜨끔해 짐짓 미소를 짓다가 부러 미간을 찌푸리며 한숨을 쉬었다. 내 눈을 물끄러미 쳐다보던 솜희는 울상을 지었다.

"내가 무척 귀찮은 모양이군요. 쳇, 흥…. 그럼 그냥 가시면 되잖아요. 죽든지 말든지…."

"젊다고 자만하면 안 돼요. 자, 그럼 이렇게 해요. 병원엔 가지 않는 대신 회복될 때까지 내가 간호를 할게요. 홀로 있다가 더 악화되면 안 되니까…. 어때요?"

그녀는 말없이 보일 듯 말 듯 미소 지으며 고개를 끄덕였다.

"자, 그럼 일단 따스한 특급 병실로 입원합시다."

난 그녀를 살며시 안아 들고 방 쪽으로 향했다. 그녀가 하얀 손가락으로 가리키는 곳으로 들어갔다. 아마도 그녀 자신의 방인 모양이었다. 희미하나마 처녀의 냄새가 났고, 이름 모를 음악이 잔잔히 흐르고 있었으며, 하얀 침대 위엔 좀 전에 솜희가 빠져나온 동굴인 양 화사한 꽃무늬 이불이 살짝 궁륭 형태를 이루고 있었다. 가냘프고 부드러운 여체와 함께, 순간 그 은밀스런 꽃굴 속으로 스며들고 싶었다.

하지만 미리 쥐새끼처럼 흥분하면 안 된다. 공주 스스로 초대할 때까지는….

난 그녀를 고이 침대 위에 누이곤 이불을 펴 포근히 덮어 주었다. 그녀는 물기 어린 큰 눈동자로 말끄러미 한동안 나를 쳐다보았다.

"배고프지 않아요?"

"조금 고파요, 하지만 지금은 아무것도 먹고 싶지 않아요."

"그래도 너무 핼쑥한데… 내가 한번 찾아보고 뭐든 좀 챙겨 올게요."

"아녜요, 정말 괜찮아요. 나중에 제가 한번 찾아보고 뭐든 좀 챙겨 먹을게요."

그녀의 입가에 미소가 살풋 감돌았다. 3초쯤 후에야 그녀가 내 말투를 흉내 냈음을 깨닫고 실소를 머금었다.

그녀는 무심결에 내 손등에 자기 손가락을 댔다가 곧 뗐다. 난 무심한 척 음악을 따라 흥얼대며 방안을 슬쩍 둘러보았다. 화사하고 향그로운 처녀의 방. 아담하면서도 정갈한 느낌을 풍겨 주었다. 은은한 풀꽃무늬 벽지, 가지런히 정돈된 책장과 화장대, 상앗빛 오디오 세트….

문득 화장대 거울에 내 모습이 비쳤다. 저건 누구이며 대체 왜 저기 있는가?… 거울이 내면을 비추지 못하는 허위의 눈 혹은 일개 장식 반영물이라긴 해도 거기에 비친 내 얼굴은 무척 생소했다. 그녀는 숲속의 잠자는 공주라 가정한다 해도, 난 과연 무엇이며 왜 이런 장면 속에 끼어 있는 걸까? 난 백마 탄 왕자라기보다 몽상의 강도强盜에 가까운 흑심을 품고 있으니까.

"잠시만 그대로 계셔 봐요. 거울 속의 아저씨 모습이 훨씬 멋져 보여요. 앞모습보단 옆모습이 좀 더…."

솜희가 검지를 내 손등에 살짝 댄 채 말했다.

"우선 몸부터 좀 챙겨야 해요. 냉장고를 살펴본 뒤 과일 주스든 된장찌개든 마련해 놓을 테니 천천히 좀 들어요."

"그러곤 가시려는 거죠? 알았어요. 시킨 대로 할 테니… 잠시만 더 있다가 내가 잠들면 가셔요. 아셨죠?"

난 말없이 고개를 끄덕였다. 그녀는 살포시 눈을 감았다. 긴 속눈썹이 파르르 떨며 흰 얼굴 위에 아리따운 엷은 그늘을 드리웠다.

난 가만히 앉아 묵상에 잠겼다. 난 솔직히 아담한 환상궁 같은 그 방을 떠나 음침한 지하방으로 내려가고 싶지 않았다. 생각해 보면 조금쯤 몸서리가 쳐질 지경이었다.

하지만 그럴 필요가 없었다. 그녀는 잠든 척했지만 곧 인형처럼 눈을 뜨곤 했기 때문이었다. 결국 내가 침대 속에 들어가 누워 껴안아 주고 눈에 입맞춤을 해준 다음에야 곱게 꿈나라로 들어갔다.

그런 우여곡절 끝에 우린 이상스런 동거를 시작하게 되었던 것이다.

2부

괴왕국

선
악
과

컴퓨터 화면에선 이른바 계간^{鷄姦}이 한창이다.

남자끼리의 동성애가 아니라 멀쩡하게 생긴 30대 인간 사내와 진짜 암탉의 합궁이다. 남자는 닭의 진분홍색 볏에 키스하면서 한 손으로 닭의 목덜미를 어루만지고 다른 한 손으로 날갯죽지를 사랑스레 쓰다듬다가 슬슬 아래로 내려 퍽 보드라와 보이는 엉덩이 털을 매만졌다.

"왜 저러죠?"

솜희가 물었다.

"나도 몰라."

난 심드렁히 대꾸했다. 사실 어찌 진행될지 궁금할 뿐이었다.

사내의 손이 움직일 때마다 암탉은 엉덩이를 들썩거리며 꼬꼬댁 울어댔다. 이윽고 목덜미를 쓰다듬던 손마저 날갯죽지를 거쳐 엉덩이로 내려왔다. 두 손을 모아 암탉의 항문을 벌리고 인간 남성의 페니스가 파고드는 장면이 클로즈업되었다.

아, 저게 말로만 듣던 계간이란 것이구나! 놀라웠지만 난 말없이 지켜보기만 했다.

암탉은 찢어질 듯한 비명을 내질렀다. 사내는 신음소리 내흘리며 목을 구부려 상대의 붉은 볏에 입을 맞추다간 급기야 입에 물고 쪽쪽 빨았다. 순간 깨물었는지 검붉은 피가 뚝뚝 떨어졌다.

"아이 무서워요!"

솜희가 질겁하며 벌벌 떨었다.

"괜찮아. 저건 공상이 만들어낸 장난일 뿐이에요."

"끔찍스런 공상이군요. 현실보다 더 사악한…."

"닭이 알 낳는 걸 봤어요? 그건 사람 페니스보다 훨씬 크니까…."

"네?"

솜희는 전에 없이 인상을 찌푸리며 되물었다.

"아니 뭐 그렇단 얘기지."

솜희는 고개를 설레설레 흔들었다.

그 순간 사내는 신음을 흘리는 한편 문신이 아로새겨진 손을 뻗어 사시미 칼을 움켜쥐더니 허공에 휙 그어 닭의 목을 잘라 버렸다. 닭은 피를 내뿜으며 퍼득거렸다. 그 순간 사내는 쾌감의 절정에 이른 표정으로 단말마 같은 괴상스런 소릴 내지르면서 자신의 엉덩이를 들썩였다. 암탉 꽁무니에서 허연 액체가 흘러 내렸다. 사내는 닭 목에서 흐르는 피를 손에 받아 한 모금 빨아 마시곤 나머지는 제 페니스에 문질러 처발랐다. 정액과 혈액이 섞여 엉겨 징그러웠지만 일부분만 클로즈업했을 땐 묘한 보석 같은 질감을 보이기도 했다.

갑자기 화면이 검어지며 닭의 단말마와 사람의 괴이한 웃음소리가 함께 믹스돼 들리더니… 곧 장면이 바뀌어 입가에 피를 잔뜩 묻힌 그 사내가 킬킬 웃어대며 생

닭의 가슴살을 뜯어 먹는 먹방으로 이어졌다. 소고기 육회보다 훨씬 더 부드럽고 감칠맛 난다는 코멘트를 나불거리며 독한 양주를 꼴깍꼴깍 마셔댔다.

솜희는 구역질 흉내를 내며 내 품에서 빠져나가려다가 어깨를 턱으로 누른 채 입맞춤해 주니 도로 무릎 위에 가만히 앉았다.

난 마우스를 움직여 화면을 바꾸었다. 먹방이 계속 나오다가 겨우 자연 속에서 자연스레 먹고 사는 사람의 얘기가 나타났다. 솜희가 자연인의 삶을 보며 숨을 고르는 동안에도 내 마음은 좀 전의 엽기적인 장면에 가 떠돌았다.

계간이란 말은 흔히 들을 수 있는 용어이다. 남자끼리의 동성애적 섹스.

아마 닭들은 인간의 짓거리와 조어^{造語}에 대해 불쾌감을 품을 수도 있으리라. 자기들 멋대로 지랄방정 떤다며…. 원래 암탉은 성기가 따로 없이 항문과 통해 있기 때문에 수탉이 꼬추를 똥꼬 속에 넣어 사랑하는 건 아주 자연스런 현상이다. 닭의 뽀지가 따로 있다면 왜 굳이 그러겠는가.

그렇다고 여기서 동성애자를 비판할 생각은 추호도 없다. 이미 세상이 다 뒤집혀 인위가 판을 치고 자연스러움이 오히려 그로테스크해진 만큼…. 그런데 대체 맨 처음 계간 행위를 시도한 사람은 누구이며 또 무엇 때문이었을까? 그리고 어찌 그런 해괴스런 생각을…? 아마 암탉이 알 낳는 걸 보고 가능하다고 생각했겠지 뭐. 아무리 작은 달걀도 잔뜩 발기한 성인 남자의 귀두 부분보다 더 크니 말야.

흐흐, 인간의 특이한 상상력은 가끔 조물주를 물 먹이는 일면이 있다니까…. 조물주께선 상당히 당황스러우실 거야. 혹시 그분이 유튜브를 본다면 깜짝 놀라실지도 몰라. 온갖 기괴망측한 쑈가 다 모여 있으니.

계간보다 더 징그러운 건 먹방이 아닌가 싶어. 물론 더 징그럽다고 단정해선 안 되겠지만 비슷한 건 사실이야. 우선 동물과 인간 자신의 육체에 대한 학대라고나 할까. 물론 쾌락과 만족, 즉 인간 동물성의 해방과 자유를 추구한다곤 하지만, 실제론 짐승보다 훨씬 저급한 꼴이 아닌가 싶어. 아마 돼지나 까마귀에게 유튜브 먹방을 보여 주면 깜짝 놀라 꿀꿀 까악까악거리며 침뱉지 않을까 싶군. 정신과 영혼을 잃어버렸으니 까막까치와 고양이조차 비웃을걸. 이젠 만물의 영장이니 뭐니 하는 위조 신분증 따윈 불태워 버리고 아수라임을 고백하는 게 좋을 테지.

흠, 먹방 스타들은 미식가의 예술이라고 우길지도 모르지만, 한두 번도 아니고 계속 처먹어대는 건 결국 '자본주의 세상의 꽃'인 돈 때문이 아니겠는가. 그들은 유튜브 조회수에 따라 책정된 금액대로 많게는 한 달에 수십억 원을 벌기도 하므로 여러 명의 직원을 거느린 채 마치 대기업체 회장인 척 거드름을 떨기도 한단다. 잔뜩 처먹은 후엔 화장실로 가서 게워내기를 돕는 특별비서도 있다는 얘기다. 마치 그들은 먹는 쑈 하나로 인기 연예인까지 삼켜 버리기로 작정한 신종 괴물 같은 느낌이 든다.

하긴 심리적 정신적으로 허기지고 기아 상태에 놓인 현대인들에게 먹방은 보는 것만으로 대리충족을 경험케 한다는 옹호론도 있다. 하지만 보는 그 순간뿐이며 오히려 야리꾸리한 허망감만 불러일으켜 마음속에 저속한 욕망을 채우게끔 부채질한다는 반론도 만만찮다.

출입구가 없는 현대 사회를 빙빙 돌며 어렵사리 살아가는 자들의 불안감과 욕구불만이 만들어낸 식탐과 성욕 그리고 명예욕의 쳇바퀴가 인간 영혼을 짓밟아 버리고 아수라도로 하락케 하는 게 아닐까?

계간도 아니고 인간과 닭의 섹스 장면을 보며 놀랐던 솜희는 어느 곁인가 내 품에 안겨 새근새근 잠들어 있었다.

컴퓨터 화면엔 자연인이라고 자처하는 늙수그레한 사내가 산 밑 호수에서 낚시로 잡은 고기를 요리하고 있었다. 큰 잉어는 목이 반쯤 잘린 채 퍼득거리며 입을 뻐끔거렸다. 눈에서 눈물 같은 게 흘러내렸다.

내가 유튜브에 접속해 간혹 괴상스런 장면을 보는 건 골치 아픈 머리를 좀 식히기 위해서였다. 정신을 과도하게 사용하다 보면 웬만한 방법으론 편두통을 가라앉히기가 쉽지 않다. 약은 싫고 잠은 시간이 아깝다. 산책이나 운동, 술과 음식은 효과가 있지만 좀 느릴 뿐더러 하루 이틀도 아니고 꽤 번거롭다. 더군다나 현재 작업 중인 사안이 예사롭잖은 만큼 대낮부터 취해 해롱거릴

순 없는 노릇이다. 그래서 차라리 잠시 동안 그로테스크한 동영상을 찾아보는 것이다. 전문 꾼들이 만든 음흉스런 걸작품은 아니나마, 평범한 인간들이 특별스런 존재가 되고자 발버둥치는 듯한 엽기적인 영상을 보노라면 깜짝 놀라 두통 따윈 순식간에 날아가 버린다. 대리만족 효과도 있거니와, 솔직히 말하자면 폭음, 폭식, 잔혹, 황음의 끝까지 밀고 나가 그들이 어떤 해괴스런 잡귀신으로 변할지 궁금키도 했다.

더구나 인간의 잔악성에 관한 모티브로 작업을 하는 중인 나로선 (역설적이긴 해도) 그런 리얼한 장면을 보며 해석할 필요가 없지 않았다.

솜희는 내 품에 안겨 작은 새처럼 떨고 있다.

난 미안한 느낌이 들어 살포시 껴안아 주었다. 자는 척하는 건지 꿈속에서 흉악스런 마수(혹은 나의 손)에 억눌려 신음하는지 몰랐다.

난 그녀의 가녀린 팔목을 잡곤 쓰다듬다가 살짝 꼬집었다. 솜희는 신음소리를 내며 내 품속으로 더 찰싹 달라붙었다. 이 어여쁜 아가씨는 어쩌다가 살짝 미쳐, 내 속셈도 모른 채 잠자는 숲속(흠, 도시라고 할까)의 공주

꼴이 되어 있는가. 만일 또래들 마냥 빌딩 정글의 영악스런 다람쥐라면 즉시 나를 범죄자로 만들어 감옥 속에 가둬 버릴 수도 있을 텐데… 음, 아니 그건 아니야. 내 가슴에 흉악스런 계획이 숨어 있을지언정 아직까진 특별히 무슨 해를 끼친 건 아니니까 말야. 앞으로 한동안 더 속여야 해….

음, 그런데 난 왜 백마 탄 왕자가 돼 아리따운 공주에게 걸린 흑마술을 풀어주긴커녕 도리어 악귀의 하수인처럼 끔찍스런 장면을 보며 혼절케 하는가?… 과거의 웅어리진 욕구불만으로 인한 복수심이라기엔 이젠 좀 어설프다. 오히려 내 속에 잠재돼 있던 악마성이 자극을 받아 깨어난 게 아닌가 싶다.

물론 그런 불상사 없이 평온하게 살아올 수 있었다면, 일상생활에서 마주치는 사소한 외부 세상 인간들의 죄악 따윈 이해하거나 회피함으로써 나 자신 내부의 악성 또한 적당히 억누르며 선량한 척 행세할 수 있었으리라. 어릴 때부터 파리 모기도 못 죽이는 겁쟁이 샌님이라고 놀림 받았으니까. 한 동무 녀석은 저녁녘 고목나무에서 떨어져 내린 날개 다친 박쥐 새끼를 발로

밟아 짓이기며 킬킬 웃어댔다. 내가 말렸으나 '병신 새
끼!'라고 욕하며 발에 더 힘을 주었다. 내게 뱉은 소린
지 소아마비로 절뚝거리는 자기 동생을 향한 증오감인
지 분간키 어려웠다.

그 애의 어린 마음속 어느 갈피엔 벌써 악이 깨어나
꽃피고 있었던 걸까? 아무튼 그 애들만 생각하면 언제
라도 서글프고 안타까운 심정이 들곤 했었다. 그러면
한숨을 쉬며 다른 쪽으로 생각을 돌려 버렸다.

악마성이 잠재돼 있다가 너구리처럼 기어 나온 게 아
니라, 백지 상태의 마음이 외부의 자극을 받아 돌발 변
화해 분출되는 건 아닐까? 만일 그런 경우엔 인간 자신
의 성찰도 중요하되, 사회 구조와 환경을 제대로 만들
기 위해 노력해야 한다는 뻔한 얘기가 다시금 강조될
수밖에 없다.

간단히 한 가지만 예를 들자면… 만약 개인의 인의예
지심에 호소하기보다 그저 과도한 개소리 방지법만 제
정되더라도 숱한 층간 소음 분쟁으로 인한 사고와 살
인 사건 따위의 어처구니없는 비극을 미연에 방지할
수 있을 터이다. 그런데 왜 아직까지…?

참으로 이해하기 어려운 노릇이 아닌가 말이다. 어쨌든 악을 잠재운 채 선량한 인간인 척 살았으면 좋으련만, 일단 내면의 악이 발동돼 버린 이상 굳이 애면글면 숨기려 애쓰기보다 아예 드러내 놓고 정시하며 진실이 뭔지 훑어보는 게 타당할 성싶다. 나의 내면에도 추악스런 마귀의 분뇨가 들어 있음을 인정하면서….

다른 사람들의 경우는 잘 모르겠지만, 나로서는 작업을 위해 인간 속의 죄악을 파악하고 이해하는 게 필요하므로 도리어 잘됐다는 생각이 들기도 한다. 꼭 작업때문이 아니더라도 이왕 자기 속에 들어 있는 오물이라면 한번 살펴보고 처리하는 게 좋을 듯싶다. 혹시 그 속에 보물이 깃들어 숨었을 수도 있잖을까.

아무튼 자기 자신이 선량하고 진실하다는 착각을 깨는 계기는 되지 않을까? 자기만이 옳다는 확신보다 자기 인생을 망치는 건 없다고 한다. 억울하더라도 이번 기회에 마음의 문을 열고 수용해 놓으면 인생 공부에 도움이 되지 않을까. 설령 선행보다 악행이 판을 치는 세상일지언정, 선악과를 직접 따서 맛보는 심정으로….

난 솜희를 안아 들고 방으로 들어가 침대 위에 눕혔다. 앵두 같은 분홍빛 입술에 키스해 주고 싶었지만, 조용히 되돌아 나와 컴퓨터 앞에 앉았다.

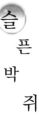

슬픈 박쥐

의자 등받이에 푹 기댄 채 난 눈을 감았다.

여러 가지 생각이 교차했다. 눈을 뜨고 모니터를 바라보다가 다시 내리감았다. 인생이 영원하지 않기에 의식 가진 존재는 눈을 깜박거리는 걸 계속 반복하지 않을까 싶었다.

눈을 감은 채 그대로 한동안 묵상 속에 잠겨들었다. 영원과 닮은 상태를 그리워하며…. 하지만 온갖 상념이

거품처럼 솟아올랐다가 꺼지곤 해서 쉽지 않았다.

현재 맡은 작업은 부산 형제(자매)복지원 사건이었다.

자매라는 단어를 슬쩍 끼워 넣은 건 그곳엔 남자뿐만 아니라 여자들도 공공연히 수용됐기 때문이다. 좀 더 진실에 다가서기 위해선 아마 복지라는 낱말 또한 지옥으로 바꿔야 할 터였다. 인간이 만든 인간 지옥이라고나 할까.

만일 내가 진실 추구에 철저한 인간이라면 사실적인 견지로 접근해야 마땅했다. 하지만 난 왠지 그러기 싫었다. 취재와 자료수집 등은 이미 오래 전에 대강 마무리해둔 상태였다. 그런데 곧 착수하지 못한 건 다른 일로 좀 바쁘기도 했지만, 그 사건 자체가 이미 대중들에게 너무나 알려져 있기 때문이었다. 그 지옥 생존자들의 처절한 수기를 비롯한 실록물뿐 아니라 언론보도 또한 넘칠 정도로 많았었다. 아무리 소설 형식으론 아직 나오지 않았을지언정 식상할 게 뻔해 보였다.

만일 인기작가라면 상황은 꽤 달라진다. 정면으로 다루든 측면에서 다루든 일단 책이 나오면 세상의 주목을 불러일으킨다. 내용이 어떻든 인기작가 마니아들은 표지만 보고도 구매한다. 더구나 출판사에서 각종 문구를

결들여 계속 광고를 해댄다면 베스트셀러 만들기 작전도 될뿐더러, 소재 자체만으로도 새로이 이목을 모아 약자인 피해자들에게 힘을 보태 줄 수가 있다. 그런데 왠지 아직 그런 시도는 없었다. 왜 그럴까? 바빠서 그럴 수도 있겠고, 이미 센세이션을 불러일으킬 만한 요소가 스러져 버린 마당에 굳이 애써 판을 벌이고 싶지 않았는지도 모른다.

나 같은 무명작가로선 자살골이나 마찬가지리라. 그래서 지난해에 취재와 자료수집을 거의 끝내 놓고도 여태껏 착수하진 못했던 것이다. 애당초 섣불리 덤벼든 듯싶다. 지난날의 어설픈 판단을 짓씹어 목구멍 속으로 삼킨다.

유난히 추웠던 작년 겨울 밤, 지하철을 타고 한강대교를 건너 여의도 국회의사당으로 갈 때만 해도 회의감이 이토록 깊진 않았었다. 흉악스런 지옥원의 실상이 대부분 밝혀졌다곤 해도 아직 피해자들은 사죄나 보상을 받지 못한 채 망가진 심신으로 지옥 사회의 변두리를 고통 속에 헤매고 있었다.

그들의 내면에 꽁꽁 얼어붙어 있는 붉은 감정의 응어리를 풀어 가슴 따스한 사람들에게 수혈해 주고 싶었다.

단순한 사실을 넘어 진실의 엑기스를….

찬바람이 휘몰아치는 국회의사당 앞 길가에 허름한 비닐 천막이 가설돼 있었다. 백짓장에 써 붙여 놓은 '국정 조사! 진실 승리!' 같은 글귀가 펄럭거리며 혈서처럼 보여 마음을 심란케 했다.

'단식 3일째'라는 표식이 내걸린 비닐 출입문을 톡톡 두드린 후 안으로 겨우 기어 들어갔다. 좁은 투명 텐트 안엔 세 명의 사람이 웅크려 앉은 채 담요 한 장을 나눠 덮고 있었다. 세 남자 모두 머리와 수염이 텁수룩하고 꾀죄죄한 몰골이었으며 눈엔 핏발이 서 있었다.

그들 중 가장 젊어 보이는 사내가 입을 열었다.

"굳이 오셨으니 몸이나 좀 녹였다가 가세요. 전화상으로 말씀드렸지만, 보시다시피 저희들은 알려드릴 게 별로 없어요. 바로 이것 자체가 현실이죠 뭐."

"그래도 조금이나마 도움이 될까 싶어…."

"하하, 됐습니다. 우리 얘긴 이미 알려질 만큼 알려져 있고요. 꼭 쓰고 싶다면 기존 자료를 갖고 쓰세요. 말리지 않습니다. 하지만 저희들의 입에서 더 어떤 증언을 들어 보려고 하진 마세요."

"왜죠?"

"…."

사내는 입을 꾹 다물곤 침묵을 지켰다.

다른 두 사람 쪽을 돌아보자 그들도 묵묵히 외면했다.

민망스런 마음을 누른 채 점퍼 주머니에서 선감도 청소년 수용소의 참상을 그린 내 소설책을 꺼내 내밀었다. 일제 강점기에 만들어진 후 박정희 정권을 거쳐 전두환 시대까지 존속하며 어린 소년 소녀와 청소년들을 마구 잡아들여 강제 수용한 채 능욕한 지옥의 이야기였다.

사내는 무심한 손길로 받아 표지와 판권란 따윌 슬쩍 살펴보았다. 속 내용을 열어 읽으려다가 닫곤 스산한 표정으로 중얼거렸다.

"이 세상 곳곳에 지옥이 숨겨져 있는데도 사람들은 모른 체하니…."

"그러니 가능하면 더 깊이 파서 밝혀야지요."

"너무 피곤해서 대꾸도 못하겠어요."

"그래도…."

난 좀 아쉬웠다.

"이보세유, 우리 아우님을 너무 괴롭히지 말아 줘유.

이때껏 너무 힘든 일을 혼자 떠맡고 있걸랑유. 원래 소년처럼 순수하던 저 눈이 충혈돼 마치 희귀한 짐승새끼처럼 보이잖아유? 진실을 위해 애쓴 게 저 꼴이유. 지금두 몸살이 심해 당장 병원엘 가야 하는데 그냥 고집을 부리구 버틴다우."

머리칼이 희끗희끗한 중년 사내가 좀 어눌한 발음으로 말했다.

그만 일어나 떠나야 할 분위기였지만 난 마지막 한 끗을 바라며 버티고 있었다.

그 사내가 손을 입으로 가져가더니 문득 틀니를 빼냈다. 그러고는 합죽해진 입으로 말했다.

"잘 보시우. 이게 내 말… 아니, 우리들의 증언이라우. 이제 겨우 사십대 초반인데 청춘은 잃어버리구 이 꼴이 됐으니…."

"악몽을 꾸면서 틀니를 갈기두 한다우."

이부자락을 턱밑까지 끌어 덮고 있던 검은 얼굴의 백발노인이 이죽거렸다.

"죄송합니다."

난 긴 한숨을 내쉬곤 맥없이 기어 비닐 천막 밖으로

나왔다. 찬바람을 외투 깃으로 막으며 담뱃불을 붙이려는데 젊은 사내가 다가섰다.

"추운 길에 오셨는데 별 도움을 못 드려 미안스럽습니다. 제 마음 같아선 이것저것 겪은 일을 들려 드리고 싶은데… 저 형님들하구 약속이 돼 있어서… 그럴 수가 없답니다."

"아니 왜…?"

그는 한숨을 푹 내쉬었다. 허연 입김이 한겨울 냉기 속에 흩날렸다.

"…인간 종족에 대한 불신이나 배신감 때문이겠죠 뭐. 생각하기도 무섭고 징그러운 피해를 당했으니까요. 하지만 꼭 그 지옥에서 겪은 고통 때문만은 아니에요. 쇠창살을 벗어나 사회에 나와서도… 고통의 콜타르 바닥을 괴상스런 벌레처럼 헤매며 기어다니는 꼴이니까요."

"너무 그리 비관하지 마세요. 인생은 돌고 돌며… 지나고 나서 보면 피장파장이란 얘기도 있잖아요."

"후후, 우리에겐 해당되지 않는 말인 것 같네요."

"아, 죄송해요…. 그런데 무슨 안 좋은 일이 있었나요?"

"아녜요. 잘 돌고 돌지도 않고 삐걱거리는 인생의 수레바퀴 때문이겠죠 뭐."

"저 비닐 천막 속의 형님들은 가끔 나를 사람이 아닌 흉한 짐승처럼 바라보더군요."

"아니, 오해예요. 속마음은 정직하고 다정한 분들인데, 그저 슬쩍 한번 떠보는 거예요. 사람들에게 워낙 속다 보니…. 또 요즘은 워낙 요상스런 작가도 많으니까요."

그는 쓸쓸히 미소 지으며 머리를 흔들었다.

"사기꾼 작가란 말씀이죠? 허 참…."

"그리 기분 나빠하지 마세요. 우리가 무식한 면도 있지만, 사실 요즘 작가라는 이름으로 한탕 잡아 보려는 자들도 많잖아요."

"…."

유구무언이랄까. 차가운 겨울바람이 휘불어 와 심장을 갈퀴질하곤 지나갔다.

"저는 무식해서… 작가 분들이란 사람의 고통과 억울함을 풀어 줄 수 있는 존재라고 오해했어요. 우리 형님들도 순진하게 그리 믿었고요…. 헌데 그렇지 않더군요. 우리가 어려움 속에서 떨면서도 꿈과 희망을 갖고… 어느 유명한 여류작가에게 억울한 이야기를 좀 써 달라고 부탁했지만 단박에 거절당했어요. 이미 너무 많이 알려져 버렸다면서….”

“음….”

“그래서 우리 생존 피해자들끼리 머릴 맞댄 채 구슬픈 이야기를 풀어내어 책을 한 권 냈어요. 그런데 출판사는 애초 약속과 달리 계약금도 인세도, 아직 일전 한 푼 보내지 않았어요. 책 한 권 내준 것만도 고마워하란 투였지요. 나 참… 얼마 전엔 어느 영화사에서 인터뷰하러 와선 알맹이만 쏙 빼먹고 가더니 쌩까 버리더라구요. 형제복지원 사건을 다루긴 하지만 스토리는 요즘 세상에 맞게 전혀 새로 재구성한다면서… 흐흐, 우리가 겪은 생지옥의 고통은 양념 정도로밖에 여기지 않고 말예요.”

“돈 아끼려 그러는 거겠죠 뭐. 전에 나에게도 선감도수용소 관계로 영화사에서 연락이 왔었는데 얘기만 실컷 듣고 나선 함흥차사예요. 원작료 절약하려는 셈속이겠지만, 어쨌든 나로선 영화가 제대로 만들어지기만 하면 좋겠어요.”

“네….”

"아무튼 힘겨운 단식 중인데 아무런 도움도 드릴 수 없어 유감이군요. 불쑥 찾아와 몽땅 털어가려 한 욕심도 미안스럽구요. 목적이 이뤄지길 마음으로나마 빌게요. 그럼 이만…."

"휘유, 제 마음이 내 마음이 아니네요. 모쪼록 오셨는데 빈 걸음으로 돌아가시게 해서 언짢군요. 훗날 언젠가 상황이 좀 더 좋아져서 다시 뵙게 되길 바랍니다."

그는 허연 담배 연기에 한숨을 섞어 허공으로 내뿜었다. 차가운 바람이 휘몰아쳐 와 흔적 없이 흩어 버렸다.

난 허무한 심정으로 발길을 돌렸다.

난 그 사내를, 피해당한 그들을, 형제복지원을 과연 얼마나 알고 있는가?

냉기 속에 흩어지는 한숨처럼 기억은 점점 아득해져 갔다.

그 눈빛이 슬픈 사내의 이름은 한종선. 초등학교 2학년생이던 1984년 가을, 하교 길에 집 부근에서 경찰관에게 잡혀 형제복지원에 강제 수용되었다. 가난하나마 셋방과 가족이 있는 아홉 살짜리 어린 아이가 왜 그런 지상 지옥으로 빠져들게 됐을까?

이런 어처구니없는 사태를 이해하려면 당시의 시대 상황을 알 필요가 있다.

30여 년 전, 바로 이 땅 이 거리에서 군사 쿠데타로 대한민국 정권을 장악한 전두환은 정의사회 구현이니 뭐니 번쩍거리는 플래카드를 내세우며 국민(인간) 개조에 나섰다. 대표적인 것이 삼청교육대였다. 깡패나 부랑자뿐만 아니라 멀쩡한 국민들 중 반체제적인 사람을 으슥한 산기슭 군부대로 끌고 가 마구 패 조졌다고 한다.

언젠가 그 '악마 지옥대'에서 겨우 살아 나온 사람을 만난 적이 있는데, 술 몇 잔에 알딸딸해지자 울부짖듯 말했다.

"삼청이 아니라 삼악도였달까. 인간의 마음과 몸과 삶을 깨끗이 재생시킨다는 명분을 내걸었지만, 실상은 짐승보다 더 저급하게 추락시켰지. 사람을 얼음 절벽 아래 벌거벗겨 둔 채 기어 올라가라고 억박지르며 마구 후려친다면 어떻게 될까? 맞아 죽는 놈도 있고, 안간힘을 쓰며 반쯤 기어 오르다가 미끄러져 비명횡사하거나 떨어져 반병신이 되는 자도 있고…. 아, 거짓과 사기술로 왜

곡해 정권을 찬탈한 놈들! 흐흐, 그런데 그 얼음 절벽을 바락바락 기어올라 마침내 살아남은 증명 도장을 받은 사람들은 어찌 됐을까, 응?… 흐흐흐, 나도 그 중의 한 놈이지만… 인간의 심성이 청청해졌다기보다 도리어 괴물처럼 변해 버린 것만 같아. 살인적인 생존경쟁에서 살아남기 위해 몸부림치는 사이 나도 모르게 본성의 한계를 잃어버리곤 괴인 꼴이 된 셈이야. 자기를 초월하여 우화등선한 게 아니라, 오히려 인간성이 파괴당해 슬픈 폐인으로 추락했달까. 실제로 그곳에서 살아 나온 사람들 중엔 일상생활에 적응하지 못해 알코올 중독자가 되거나 정신이상이 돼 자살한 경우가 많아. 사람이 사람을 곡괭이로 찍어 죽이고 생매장하는 모습을 본 인간이 어찌 제정신으로 살 수가 있을까?"

아직 젊은 나이에 머리카락이 희끗희끗해진 그 사내는 눈물을 흘렸다.

죄 없는 국민을 살해하며 대통령으로 등극한 전 마두는 자기 죄악을 가리기 위한 일종의 쇼로 반사회적인 깡패와 창녀들을 잡아들였는데, 그 속엔 막걸리 몇 잔에 취해 전 마두를 욕한 농어민들과 체제 비판적인 멀쩡한 교사, 은행원, 기자도 끼여 있었다고 한다.

삼청교육의 결과는 어떻게 됐을까? 진짜 범죄자들은 더 악독해지고, 억울하게 잡혀 들어간 일반 민간인들은 심신을 망쳐 더 이상 인간답게 살 수 없었다.

형제복지원은 현세 현생의 지옥이라는 점에선 비슷하면서도 무척 다른 수용소였다.

삼청대가 국가에서 한시적으로 직접 운영한 곳이라면, 형제원은 박인근이란 개인(괴인)이 자신의 영원한 꿈과 의지를 투여해 세운 일종의 거대한 사설왕국이었다. 조그마한 벽돌 건물로 시작된 부랑인 수용소가 그토록 번창케 된 건 국가 지원금 덕분이었다.

인간은 마음과 영혼을 지닌 존재가 아니라 한 두당 얼마짜리 짐승으로 취급당했다. 그러기에 형제원 측에 고용된 인간 사냥꾼들은 무리수를 써서라도 마구 잡아들였고, 경찰관은 실적에 따라 수당과 승진 기회가 높아지므로 일순 승냥이로 변했다.(도둑 3점, 강도 2점인 데 비해 형제원에 한 명 잡아 보내면 5점의 근무평점을 받았다.) 정의를 배신한 일부 경관들은 형제원의 뇌물을 받곤 사람 사냥에 발벗고 나서기도 했다. 부랑자가 아닌 일반 서민

중 가난하고 **빽** 없는 사람들이 막 잡혀 들어간 건 그런 연유였다.

죄 없는 어린 아이 한종선이 운명이 무엇인지도 모른 채 그 지옥으로 끌려간 것도 그런 시기였다. 얼마 후엔 아버지마저 붙잡혀 성인 소대에 수용되었고, 어여쁘던 누나 또한 여자 소대에 감금돼 성폭행당한 뒤 정신이상이 되고 말았다.

난 발길이 잘 떼어지지 않아 뒤돌아보았다. 그 젊은 사내는 차가운 겨울바람 속에 선 채 검은 석상처럼 움직이지 않았다.

지하철을 타고 한강을 다시 건너 돌아올 땐 우울한 기분이었다. 규칙적으로 울리는 전철 바퀴 소리가 여러 가지 말을 뇌까리는 것만 같았다.

'그만둬! 쓸데없는 짓이야⋯. 세상 일은 저 강물처럼 흘러가는 것. 지나고 보면 한갓 욕심일 수도 있어. 저 유구한 역사 속에서 인간의 선택이란 피라미 한 마리가 솟구치며 물방울 하날 튕기는 것과 뭐 그리 다를까?⋯ 아냐! 저 강물은 무슨 사사로운 원한을 품고 흘러가는 건 아니겠지만, 결코 과거를 잊어버린 건 아닐 거야. 스스로 흘러 정화시키기 위해서라도 아마 기억하겠지. 한 방울의 물이 모여 저 강을 이루는 것이니까. 정화력이 없는 모든 존재는 죽은 것과 같아….'

난 고개를 흔들었다. 어째 해야 할지 결정하기가 어려웠다.

옛 고전작가들 중엔 단 한 명의 진실한 독자를 위해 쓴 적도 있다지만 이런 경우와는 다른 성싶었다. 그 천재들은 새로운 내용이나 형식을 일단 세상에 알리는 게 목적이므로 그런 호기를 부릴 수 있었으리라.

하지만 형제복지원 사건은 이미 대부분 알려진 상태였다. 일개 소설 나부랭이보다는 엄동설한 속에 단식투쟁하는 생존 피해자들의 상황이 더 중요하고 위급한 상황이었다.* 그런데 아이러니컬하게도 많이 알려진 반면(혹은 그렇기 때문인진 모르지만) 일반 대중의 관심은 희박한 편이었다.

피해 당사자들은 생존자든 사망자든 아직 할 말이 많

---

* 그들은 특별법 제정을 촉구하며 2017년 11월부터 지금까지 국회 앞에서 노숙 중이다.

왔고, 그건 풍문처럼 떠도는 지옥 속의 얘기들을 국가 차원에서 조사해 확인한 후, 망가질 대로 망가져 버린 그들의 삶과 피맺힌 울음을 보듬어 주는 것이었다.

어쨌거나 나로선 무척 속상한 노릇이었다. 사실 난 원래 인간 내면의 존재론적 고뇌와 진실을 탐구하는 소설을 쓰고 싶었다. 실제로 쓰기도 했다. 그렇지만 팔리지 않았기에 아르바이트로 간간이 출판사의 교정 일을 하며 생활비를 벌었다. 그러던 중 한 곳으로부터, 특이한 소재가 있는데 소설로 한번 써보지 않겠느냐는 제안이 왔다.

심사숙고 끝에 결국 착수한 건, 외딴 섬에 어린 청소년들을 감금한 채 강제노동과 폭행 살인을 마구 자행한 선감도 수용소 이야기였다. 생존한 피해자들을 만나 그 지옥의 체험담을 듣고 취재를 하는 동안 이거야말로 이른바 존재론적 진실의 탐구가 아닐까 하는 생각이 들었다. 외국 소설을 모방해 걸작을 써내 보려던 욕망이 부끄러웠고, 잔머리 굴리기로 진실을 희롱하는 작태에 구역질이 났다.

고생 끝에 책이 나오자 그닥 팔리진 않았으나 언론에서 선감도 사건에 조명을 비추기 시작했다. 그걸 계기로 어둠 속에서 과거의 트라우마에 떨던 피해 생존자들이 조금씩 밖으로 걸어나와 비참했던 체험을 밝히고 모임도 만들었다. 나도 '그것이 알고 싶다' 팀의 요청을 받곤 생전 처음 TV 카메라 앞에 앉아 한 시간 동안 인터뷰를 했다. 하지만 아쉽게도 방송이 되진 못했다.(담당 PD는, 경기도 당국에서 실태 조사 후 공동묘지를 파 유해를 발굴하고 그곳에 기념관 및 위령공원이 조성될 예정이라며, 그 결과까지 찍어 꼭 방송하리라 약속했다. 최근에 방송이 되긴 했는데, 담당 PD가 바뀌어 재편집하는 과정에서 나의 인터뷰는 제외되었다고 한다. 섭섭했지만 어쩔 수 없었다.)

아무튼 그런 상황에서 출판사 대표가 속편을 써보라고 권유했다. 원고료도 인세도 한 푼 받지 못한 채 착수한 건, 전편의 주인공이 어찌 될지 그 인생 운명이 궁금했기 때문이었다. 마침 선감도 모임에서 만난 한 노인으로부터 기괴한 이야기를 들은 터였다. 어린 소년 소녀들로만 구성된 북파 공작원이 6·25전쟁을 전후해 활약했다는 것이었다. 1년 여 동안 죽자사자 그걸 쓴 후 출판사에 보냈건만 아무런 소식이 없었다. 알고 보니 세계철학사상사 개정판을 냈다가 곤경에 처한 모양이었다. 전 20권으로 이뤄진 그 책은 독재정치가 횡행하던 1980년대에 큰 인기를 끌었었다. 하지만 현재는? 신문광고도 꽤 했지만 별 반응이 없자 재정적으로도 정신적으로도 낙망에 빠진 사장은 심한 우울증에 걸려 방황하는 성싶었다.

가능성이 없어 보였으나 난 스스로 제3탄의 작업을 시작했다. 그건 성병에 걸린 양색시(미군 위안부)들을 강제 수용한 이른바 몽키하우스에 관한 이야기였다. 전편에서 활약했던 주인공이 아직 할 말이 남았다고 버텼으므로 그만두기가 어려웠다.

그래서 선감도를 탈출한 주인공 운이 북파공작 끝에 살아 돌아온 후 몽키하우스로 잠입해 그 악랄한 실상을 파헤치는 구도로써 지옥 시리즈를 완성해 볼 작정이었다. 마침 원고료 없이 제2탄을 연재해 주겠다는 매체가 있어 좀 힘이 되었다. 혹시 제3탄은 좀 더 좋은 조건으로 연재할 수도 있으리란 희망을 품고…. 아무튼 그 정도로 시리즈를 마무리한 뒤 진정한 명작을 쓸 심산이었다.

그런데 주인공 녀석은 머릿속에서 계속 살아 숨쉬며 또 다른 활동 무대를 원하는 것이었다. 그리하여 결과적으로 형제복지원 문 앞까지 오게 된 셈이었다. 들어가야 할지 말아야 할지 그것이 문제였다. 주인공과 달리 작가인 난 솔직히 들어서고 싶지 않았다. 서초동 검찰청을 지나쳐 국립도서관을, 그리고 남산 기슭의 가파른 비탈길을 오르내리며 이미 자료조사는 거의 마무리한 상태였지만 가능하면 멈추고 싶었다. 흐흣, 너무 알려져 버렸기에…. 헌데 머릿속의 주인공은, 너무 알려지긴 했을 뿐 아이러니컬하게 아직 해결된 건 없다며 반박하다가 급기야 꿈속에까지 스며들어 지옥의 괴기상을 쓸쩍 보여 주며 괴롭혔다. 그래서 일단 단식중인 피해 당사자들의 상황이나 한번 살펴본 후 결정하자는 심정으로 여의도행 지하철을 탔던 것이었다.

결과는 예상보다 비참했다. 인터뷰를 거절당한 내 기분도 구슬펐지만, 허름한 비닐 천막 속에서 가망 없이 단식하는 그들이 괴물 세상에 의해 극한 상황으로 내몰려 절규하는 인간 짐승처럼 느껴졌다.

'피 어린 독재시대는 지났건만… 왜 아직 전 마두는 국민을 킬킬 희롱하며 뻔뻔스레 잘 살고, 정작 죄 없는 피해자들은 여전히 피눈물을 핥아야 하는가?… 더욱 이상스러운 건, 마치 하이에나처럼 눈에 불을 켠 채 특이스런 애깃거릴 찾아 헤매는 작가들이 왜 그 해괴망측한 사건은 강 건너 불구경하듯 멀뚱거리기만 하느냔 얘기야. 아무리 많이 알려졌다곤 해도 문학작품으로 승화시키면 또 다른 의미와 진실로 감동을 줄 수 있을 텐데… 아, 나 자신이 더 한심하군. 어떤 잘나가는 인기작가 년은 피해자들이 엎드려 청원해도 거절했다는데… 흠, 난 쫓아다녀도 개떡보다 못한 신세로군. 음, 만일 돈이나 좀 있으면 도박하듯 한번 승부를 걸어 볼 텐데. 돈이 전부는 아니로되 문학에서도 큰 힘을 발휘하거든…. 치사스럽지만 내심 부럽기도 해. 한국의 현존 대형 인기작가 대여섯 명은 특별한 괴물이라고도 할 수 있어. 내가 시기심이 좀 강한 편이긴 해도, 정상적인 방법으로 그런 명성을 얻었다면 메마른 박수나마 쳐 주리라.'

헌데 그들의 책은 일단 출간되면 작품 가치를 떠나 하나의 귀물貴物로 변신한다. 돌멩이나 차돌이 다이아몬드로 변해 번쩍이며 눈을 현혹하듯…. 귀물이 아니라 귀물鬼物이라고나 할까.

그 연금술적인 과정은 추한 티를 내지 않는다. 반강제적으로 동원돼 찬사 일변도로 축사를 내뿜는 평론가들, 그에 못잖게 칭찬 일색으로 기사를 내보내는 신문기자들….

동시에 사람들은 융단폭격 같은 광고 공해에 시달리게 된다. 좋은 광고든 나쁜 광고든, 아름다운 광고든 꼴사나운 광고든, 이 세상에서 광고는 필수적이다. 하지만 아무리 멋진 광고라도 지나치게 반복되면 지루할 뿐만 아니라 우리가 욕하는 북한 공산당의 세뇌 방식과 비슷해진다. 광고도 정보 전달의 일종이니, 알릴 만큼 알렸으면 스톱하든지, 이미 구약旧約을 아는 사람들도 감동할 만한 신약新約을 제공하는 게 예의고 윤리 도덕이다.

그런데 (대기업체와 비슷한) 대형 출판사와 대형 인기작가가 손잡은 상태에선 윤리 도덕이 사라져 버린다. 남는 건 그저 약장수의 심리뿐…. 세뇌성 광고가 나쁜 줄 뻔히 알면서도 몰염치하게 들이민단 말이지. 다른 것도 아닌 이성과 지성의 매개체이자 상징이라는 책을 이용해….

그들의 책은 나오기도 전에 미리 언론 플레이가 시작돼 출간 후엔 무차별 광고 폭탄이 투하된다. 특히 공룡처럼 이름이 거대해진 세 남녀 작가의 경우 미사일급 광고 공세가 연일 이어진다. 조중동을 비롯해 거의 모든 신문에 대문짝만하게 펼쳐지는 전면광고 포격 전술은 아무리 인터넷 시대라 할지언정 눈길을 끌 수밖에 없다. 흘끗 스쳐보거나 무시하고 넘어가더라도 잔상은 무의식 속에 스며들지 않을까?

그 중에서도 특히, 생존 중에 자신의 황금 동상을 세우고 싶어 하는 듯해 보이는 한 노작가의 책은 거대 출판사의 마케팅 전략인지 뭔지 무려 장장 6개월 동안 하루 빠짐없이 계속 광고됐다. 그 당시 개소리도 피할 겸 매일 도서관에 올라가 비치된 대부분의 신문을 훑어보던 난 차츰 욕지길 느끼기 시작했다. 허구헌 날 똑같은 광고를 대여섯 번씩 보노라니 지긋지긋하다 못해 불현듯 구토증이 일며 노작가의 얼굴과 책에 침을 퉤 뱉어버리고 싶었다.

책. 아무리 막가파 시대라더라도 최소한 인간 의식을 각성시키진 못할지언정 도리어 마비시키려 들다니….

그건 분명 신상품에 대한 홍보를 넘어 세뇌성이 농후했다. 첫 단계에서 궁금증을 던진 뒤 다음 단계에서 사람들이 지루하고 지긋지긋해 하다가 결국 욕지기가 튀어나오더라도… 그걸 세뇌공작의 전단계로 생각하고 은근히 기뻐할지도 몰랐다. 요즘 광고 보고 책 사는 사람은 없겠지만, 일단 대형서점에 나가서 특별 매대(수백만 원부터 수천만 원짜리까지) 위에 수백 권씩 쌓아 진열해 놓은 그 책을 본다면 마음이 쏠려들지 않을까? 꼭 세뇌까지 되진 않았더라도 인지상정의 관심으로….

출판사는 그런 마케팅을 통해 돈벌이 욕망을 채울 테지만 아마 작가는 꼭 그렇지만은 않을걸. 돈은 이미 충분히 모아둔 갑부 상태일 테니 되레 좀 황홀하게 쓰고 싶지 않을까? 남보다 자기 자신을 위해…. 떼돈을 번 인기작가들이 (혹시 겸손스레 감추는지는 모르지만) 가난한 이웃이나 동료들을 위해 기부했다는 얘긴 별로 못 들어 봤어. 술값을 한턱 쐈다는 소린 들었는데 말야. 풍문에 의하면 작가 측에서 광고비를 전액 혹은 반액 정도 대납한다는 얘기도 있더군. 고고히 글만 쓰고 마케팅 따위엔 무심한 줄 알았건만, 오히려 출판사보다 더 나서서 은근히 사람들의 마음속에 찬란한 금 동상을 세우길 희망한다는 거야.

소문은 소문이고… 내 생각엔… 그 유명한 작가님네들은 마치 인기 중독자처럼 주기적으로 인기의 환상을 먹어야만 존재감을 향유하는 게 아닌가 싶어. 살아 있으면서 자신의 금 동상을 세우기로 작심한 인간은 결코 진실한 원래 인간으로 돌아오기 싫을 거야…. 살아 있는 인간의 금 동상으로 사람 정신을 마비시키려는 작자들은 악성 사이비 좀비가 아닐까… 흠, 진짜 좀비들은 좀 더 진실하지. 우선 자기 피를 빨아먹고 나서 남들에게 감염시키니까 말야.

요즘 자비출판이 유행하고 있는데, 이 자본주의 세상에선 다른 무엇보다 돈이 최고 수단임을 적나라하게 보여 준다.

어떤 자수성가한 돈 많은 사이비 사업가나 정치인이 파란만장한 자신의 인생을 광고 선전하기 위해 책을 한 권 낸다고 가정해 보자. 일자무식이라도 가능한 건 우선 대필작가(유령작가)가 따라 붙기 때문이다. 한국 땅엔 자비自費 전문 출판사만 수십 군데가 있는데, 그들은 돈만 주면 그럴싸한 책을 만들어 바친다.(요즘엔 일류급 출판사 또한 돈만 많이 주면 그런 짓을 한다지.) 그런 사이비 영웅호걸들에겐 몇 억 원쯤 껌값일 테니…. 이어 본격적인 투자를 빙글 웃으며 시작하는 거지. 인기작가보다 효과는 못하겠지만 계속 대규모 광고 폭탄을 투하하다 보면 독자들은 처음엔 좀 궁금해 하다가 차츰 호기심이 강해져, 혹시 다크호스 작가의 베일 속에 가린 비밀 병기가 아닐까 싶어 구입하기도 하리라. 만일 정말 읽을 만한 작품이라면 독자들은 횡재하는 셈이고, 설령 속는다 치더라도 욕설 한번 내뱉고 말 뿐 책값 1만 원 땜에 항의까지 하진 않을 테지. 물론 소박하거나 거칠지언정 제 손으로 직접 써서 공감을 던지는 경우도 있겠지만, 대부분 자화자찬을 늘어놓거나 허황된 거짓을 꾸며내 일확천금을 꿈꾸는 사이비 작자도 적지 않아….

'그건 그렇고 난 과연 어찌 하는 게 좋을까? 아, 형제지옥원 애기를 쓰느냐 마느냐, 그것이 문제로다….'

소리 없이 흘러가는 한강 물을 내려다보며 난 속으로 중얼거렸었다. 설령 노심초사하여 원고를 완성해 봤자 이 불황에 출간해 주겠다는 데가 없다면 헛일이었다.

고민 끝에 억지 춘향 격으로 다른 출구를 모색해 보았다.

이 자그마한 한반도 땅에 사람이 살기 시작한 이후로 수많은 선과 악이 자행돼 왔을 터이다. 원시시대의 악행은 독재시대를 거쳐 현재도 방식만 바뀌 더 악랄무비하게 이어지는지 모른다.

그러니 특수한 지옥 한 곳에 집중하기보다 차라리 본질적인 사회악과 인간의 죄악에 대해 탐색해 보는 건 어떨까? 형제원 외에도 성지원, 희망원 등등 전국 각지에 비슷한(보호를 빙자한) 감금 시설이 존재했고, 악을 응징·교육한다며 스스로 악행을 감행한 선감원, 삼청대, 몽키하우스 뿐만 아니라 소록도와 세월호의 어처구니없는 비극도 목격하지 않았는가. 그런 참상을 관통하는 본질은 과연 무엇이며, 악괴의 실체는 어디에 잠복해 있는지 추적해 보는 것도 무의미한 짓은 결코 아닐 성싶었다.

하지만 모니터 앞에 앉으면 여전히 짙은 안개 속을 헤매듯 막막한 심정이었다.

멈
춘
시
계

첫눈이 사락사락 내리는 밤이었다. 어둠 속에서도 백
설에 덮여 가는 세상이 경이로웠다.

난 창가에 서서 바깥을 내다보고 있었다. 눈발은 점점
강해졌다. 바람을 받은 창문이 덜커덩거렸다.

문득 왠지 좀 불안스러워졌다. 하얀 눈이 평소의 누추
한 마음을 응결시키고 한 가닥 양심을 눈뜨게 했는지도
몰랐다. 너무 깨끗해지면 왠지 불안해 난 목욕도 잘 하

지 않았다. 눈이 내려 쌓여 나를 가둘지도 모른다는 공
포감이 엄습했다. 눈보라가 치는지 창문이 흰색에 가린
채 더 거세게 덜컹거리자 난 초조감을 못 견뎌 소리쳤
다. 마치 그동안 마비돼 있던 한 가닥 죄의식이 머릴 드
는 것을 억누르듯….

"솜희야, 이리 와봐!"

"왜요?"

그녀는 컴퓨터 앞에서 자판을 두드리며 대꾸했다.

"글쎄, 그건 별 급하지 않으니 어서 이리 오래두."

"응, 한 줄만 더 치면 돼요."

"흥, 내가 아무리 빨리 쓰고 니가 아무리 빨리 입력해
도… 그닥 빨리 출간해 줄 데도 없으니까 이리 빨리 오
기나 해."

"네…."

솜희는 원고용지를 한 장 든 채 다가오더니 멈칫했다.

"뭐예요?"

"방금 꺼냈으니 따끈따끈해. 한번 빨아 줘."

"싫어, 빨리 팬티 올려요! 원고에 부정 타면 어쩌려
고…."

"흥, 걱정 마. 이미 부정 타고도 남으니까. 이 험악스런 세상에 부정 타지 않은 원고가 과연 있으려나 흐흣…. 그딴 것 걱정 말고 어서 이리 와 그 예쁜 입술로 고추와 부랄을 빨고 머금어 줘. 불알 속의 정자 녀석들이 춥다고 난리법석이란 말야."

"아이 참…."

"어서."

"너무 짓궂어. 아무튼… 이번엔 안 삼킬 거예요."

"뭐? 그 귀한 걸 안 먹는다구?"

"응."

"왜?"

"좀 짜고 이상해서…."

"뭐가 이상하다고 그래. 정액은 말 그대로 가장 깨끗이 정제된 액체인걸. 엑기스라고나 할까."

"그럼… 이래라 저래라 자기 기분대로 독촉하지 말고 그냥 가만히 내가 하는 대로 느끼기나 하세요. 나두 희로애락에 민감한 여자란 말이에요!"

"그래, 알았어."

솜희는 새침한 표정으로 다가와 앉아 눈을 한번 흘기

곤 고개 숙여 우선 혀로 살살 핥기 시작했다. 긴 속눈썹 그늘이 파르르 떤다. 이어 분홍빛이 감도는 입술로 귀두 부분을 부드럽게 애무하기 시작한다. 하얀 이빨로 깨물기도 하더니 곧 입속에 넣고 쪽쪽 빨아댄다. 긴 머리카락이 물결치며 아랫배를 간지른다. 홀쪽해지는 볼이 귀여우면서도 왠지 애처로운 느낌을 준다. 내 마음속의 악 때문이 아닐까?

하지만 이 순간만큼은 선악이 다 필요 없다. 선이 악이고 악이 선이다. 진실과 허위의 경계도 허물어져 버린다. 아, 아!… 난 입술을 깨물며 신음 소릴 참는다. 고통은 쾌락이고 쾌락은 곧 고통이다. 난 일부러 관념적인 생각을 해보려 애쓴다.

'요즘 사람들은 늙은이나 젊은이나 모두 고통을 멀리하고 쾌락만 즐기려고 안달복달이지. 자기 자신이 만든 고통을 남에게 미루어 버리고, 쾌감만을 위해 타존재를 물질화시켜 버리지. 하지만 고통이 없다면 쾌락 또한 별다른 흥취를 주지 못한다는 사실은….'

그 순간 내 육신의 첨단은 마음을 배신하곤 정액을 발사하고 말았다. 그녀는 피할 새도 없이 받아 머금자마자 삼켰다.

난 컴퓨터 앞에 앉아 화면을 바라본다.

오래 전, 형제복지원을 본격적으로 다루려고 생각했던 무렵에 써 놓았던 첫 문장이 마치 신구석기 시대의 고인돌 석판에 각인된 고문古文인 양 낯설다.

> 청운은 항구의 우중충한 청회색 바다를 잠시 바라보곤 빠르게 걸음을 옮겼다.
> 부산은 한국 제2의 도시답게 번화했으나 서울만큼 다채롭진 않은 성싶었다. 도시의 지형이 길쭉해서 그런지 해풍 때문인지, 사나이의 가슴속에 왠지 모를 고독감을 안겨 주었다….

만일 소설이 요즘처럼 무시되는 시절이 아니거나 혹은 내가 인기작가라면 그렇게 시작했을 수도 있다. 그리고 계속 정통적인 소설 기법을 구사하여 그 지옥 형제복지원의 실상을 묘파해 나갔을 터였다.

하지만 이제 아쉬우나마 접어 버리고 새로운 방식을 모색해야만 했다. 하나의 문이 닫히면 다른 문이 열리기도 하고 위기는 기회가 되기도 한다. 형제원에만 집착하지 말고 대전 성지원과 대구 희망원도 취재하고, 좀 덜 알려진 성폭행 문제에 초점을 맞춰 보자.

그렇게 생각하며 앞에 쓴 문장을 지워 버렸다.

그런데 보조장치로 사용키로 했던 한 장면은 더욱 또렷이 기억 속에 떠올랐다.

용두산 공원인지 온천동 금강원인지 아슴아슴하지만, 어릴 적 엄마 등에 업힌 채 보았던 괴물 동물원의 비밀스런 광경이었다. 쇠창살 안쪽엔 마이크를 잡고 선 난쟁이 아저씨를 비롯해 머리가 둘 달린 뱀, 다리 셋 송아지, 징그럽게 사람 말을 하며 우는 새, 히히 웃어대는 꼽추 원숭이 등 괴이스런 존재들이 살아 움직이고 있었다.

형제복지원에 끌려가 철장 속에 갇힌 사람들과 공원의 괴이스런 동물들이 왠지 모르게 겹쳐지곤 했다. 다른 것보다 감금된 그들의 고난과 고통이 비슷하게 느껴져서 그런 게 아닐까? 그들을 잡아 가둔 채 괴물로 취급하며 생명을 유린한 박인근 원장 같은 자들이야말로 진짜 괴물 악인일 텐데 말이다.

소름이 끼친다. 그 무렵 그곳(부산)에 살았거나 방랑

자로 지나갔던 사람이라면 누구든 괴물이 노리는 인간 사냥의 표적이 될 가능성이 있었다.

군대에서 하사관으로 복무하다가 제대한 박인근이 복지 빙자 사업을 시작한 1970년대 초반부터 전두환(대통령)의 비호를 받으며 승승장구한 80년대 후반까지, 부산에 살았던 보통 시민치고 그 마수에 걸리지 않은 사람이라면 설령 무신론자라도 누구에게든 감사 기도를 드려야 하리라. 어린애부터 백발노인까지 일단 그물에 걸리면 사설 지옥 왕궁의 인신공양감이 돼야 했으니….

내가 옛 추억에 젖을 때마다 소름에 떨며, 이미 철 지난 형제자매복지원 사건을 재기록해 보려 안달복달하는 건, 나 또한 철부지 어린 시절에 홀연 그 인간 지옥에 끌려가 죽든지 병신으로 변했을지도 모른다는 상상 때문이었다. 그들이 살인적인 폭력을 휘둘러 만들어 놓은 괴물 닮은 병신….

그건 삼청교육대도 성지원도 선감원도 희망원도 소록원도 마찬가지였다. 그 폭력과 악의 근원은 과연 무엇이었을까? 특정한 인간의 악마적인 본성 때문인지, 혹은 권력을 독점한 국가나 사회단체가 복지와 정의를 빙자해 저지른 구조적인 횡포인지 모호한 안개 속이었다.

아무튼 철권 독재자가 국가 권력을 사유화하고 그 일부를 자기 입맛에 맞는 자들에게 깡패 두목처럼 나눠 먹인 건 사실인 성싶었다. 그들이 말하는 정의나 복지엔 보편타당성이 결여돼 있었다. 주관적인 정의이고 이기적인 복지였다.

권력자들은 국민 세금을 사리사욕으로 착복하는 것으로도 모자라 기업체로부터 이런 저런 청탁 대가로 거금을 받아 안방 금고 속에 집어넣었다. 그리고 형제복지원 같은 사이비 법인 시설의 운영자들로부터도 부정 비리를 묵인해 주는 값으로 검은 돈을 상납 받았으리라.

대통령 각하의 표창장은 국가와 국민이 주는 칭찬으로 왜곡돼, 폭력과 횡령을 가리는 하얀 빛 장막으로 이용되었다. 권력의 하수인으로 변한 하이에나 같은 자들은 부랑자뿐만 아니라 독재 정권의 부정부패를 비판하는 일반 국민까지 불법적으로 마구 잡아 가둔 채 짐승 취급했다.

형제복지원의 경우가 가장 악질적인 사례라고 할 수 있었다. 박인근 원장은 박정희 전두환 등 최고 권력자와 꾸준히 밀착 관계를 유지하면서, 국가 지원금을 착복하고 수용 원생들에게 최소한의 의식주만 제공하는 한편 살인적인 강제노동을 시켜 번 피땀 어린 돈을 수탈하며 일국의 군주인 양 행세했다. 아니, 그 작은 왕국에서는 대한민국 대통령보다 더 막강한 권세를 휘두르며 자기 욕망을 흥청망청 채우고 호의호식했다.

박통의 적자라기보다 일종의 사생아 비슷한 전통령 시대인 80년대에 들어 박인근 원장은 가장 악랄한 통치자로 변모했다. 전통령으로부터 표창장을 받은 바로 그날 저녁, 그는 한 원생이 거수경례를 좀 삐뚜름히 했다는 이유로 마구 때리고 짓밟아 반주검 상태로 만들어 버렸다. 그리고 여자병동의 어린 소녀를 한밤중에 비밀궁으로 차출해 유린했다는 풍문도 있다.

전통령은 자신의 의붓아비인 박통을 극복했다고 자화자찬하지만, 사실은 그저 모방 혹은 재활용했을 뿐이며, 파렴치와 오만무도함으로 인해 오히려 더욱 악독한 짓이 장본인과 하수인들에 의해 저질러졌다. 한 예로, 삼청교육대는 박통 치하의 재건부대와 유사하면서도 훨씬 더 무지막지한 전마두환 인권 유린의 지옥이었던 것이다.

난 컴퓨터 앞을 떠나, 거실에서 인형을 물어 던지며 놀고 있는 개 녀석을 슬쩍 흘겨보곤 바깥으로 나갔다.

찬바람에 흔들리는 눈꽃나무를 보고 섰다가 천천히 지하방 쪽으로 내려갔다.

퇴색한 잿빛 철문을 열고 안으로 들어서자 쾨쾨한 곰팡이 냄새가 풍겼다. 전에 거주할 땐 맡아 보지 못한 삭막스런 냄새였건만 왠지 정다운 느낌이 들기도 했다. 고생 속의 한 가닥 추억 때문일까?

사실 고뇌와 외로움 그리고 누추함 속에서도 나름대로 순수하고 진실한 꿈을 꾸었던 공간이었다. 사람이 살 만한 데가 아닌 듯싶지만 그 무렵엔 아늑한 둥지였었다. 푸른 하늘 향해 날아 오를 상상을 간직했던 곳….

하지만 위층으로 올라가 오히려 추락한 게 아닐까? 정신과 영혼이….

모르겠다. 개 한 마리 때문이라고 말하기엔 너무 서글프다. 차라리 나의 내부에 깃든 악이 외부의 악보다 더 강했던 건 아닐까 싶기도 하다. 겉으론 선량한 척 행세했지만 어떤 악성에 부딪히자마자 잠재돼 있던 본성이 튀어나오지 않았겠는가. 만일 내 속에 죄악이 숨어 있지 않았다면, 대체 어찌 엽기 만화에나 나올 법한 짓을 저지르겠는가! 악마견이나 악귀신이 앙칼맞게 짖어대며 해코지를 하더라도 내 마음이 청정하다면 훨훨 날려 보낼 수도 있었으리라.

현관이라 부르기 어려운 좁은 공간에 낡은 삼선(일명 삼디다스) 슬리퍼가 놓였다. 다시 한번 신어 볼까 하다가 그냥 거실 바닥으로 올라선다. 솜희 신발인 진짜 아디다스 슬리퍼를 신은 채….

지나고 나서 보니 별것 아니지만 그 당시엔 고민과 슬픔이 명멸했던 공간. 언젠가 장마철에 물이 스민 뒤끝에 부풀어 올라 걸치적거리며 속 썩이던 장판을 한번 꾹 밟아 본다. 구겨질지언정 결코 바로 펴지진 않는다.

가스레인지 위엔 계란 찌끄러기가 말라붙은 프라이팬이 내 인사에 대꾸도 없이 침묵을 지킨다. 싱크대엔 거미가 줄을 쳤고 그 아래엔 바퀴벌레 껍질과 지네의 시체가 달롱거린다. 주인 없는 거미줄에선 공허의 냄새가 풍긴다.

문득 어떤 소리가 들려 귀를 기울이니 냉장고가 헐떡이며 노파처럼 가느다랗게 숨쉬고 있다. 전엔 언제 숨질지 몰라 늘 걱정했었는데 아직 살아 있다니 일견 대견스러우면서도 허탈한 기분이다. 코드를 뽑아 놓는다. 내용물을 정리하고 나가면서 깜박 잊었던 모양이다. 낡은 고물은 숨을 턱 놓으며 사물로 변한다.

방문을 열어 본다. 어둑하고 썰렁한 공간. 책상 위의 시계는 멎어 있다.

서가의 책들이 오히려 더 명징하게 내 정신의 시계 역할을 했었지. 누군가가 미리 새겨 둔 눈금 위를 규칙적으로 돌고 도는 탁상시계는 내가 이 방에 살던 당시에도 별로 귀염을 받지 못했어. 구박을 하며 꿀밤을 먹여도 녀석은 무심무아하게 돌고 돌며 나름대로 내 삶에 활기를 불어 넣어 주려 애썼지.

의자에 앉아 하얀 벽을 망연히 바라보다가 침대 위로 시선을 내린다. 때 묻고 추레한 이불이지만, 그 속에 누워 몽상에 잠기곤 하던 고독한 시절이 문득 그리워진다. 내면의 진선미를 찾아 가꾸어 가려고 애쓰던 날들…. 그런데 개 한 마리 때문에 인생 항로가 바뀌어 버렸다고 하면 웃겠지만 이미 현실이 되고 말았다.

하지만 별 후회하고 싶은 생각은 없다. 그 당시 내게

선택의 여유가 있긴 했던가? 설령 있었다 해도 지하층과 지상층, 지하 인생과 지상 종족과의 사이는 너무 멀거나 각박했다. 이런 경우, 한국 사람들은 예전부터 '좀 더 잘 어쩌구저쩌구 했더라면 좋았을 텐데….' 하고 너스레를 떠는데 말짱 입에 발린 개소리일 뿐이다. 쫌 잘해보려 애써 봤자 필경 바보 멍텅구리로 낙찰되고 만다.

그렇다고 선을 무시하고 악에 기대라는 게 아니라, 좀 슬기롭게 남을 속이지도 말고 속지도 않을 만큼 기본적인 약속은 지키자는 얘기다. 아! 솜희 엄마인 1층 아줌마는 수십 번에 걸친 내 항의와 간청에 꼭 조처하겠노라 언약했는데도 개는 계속 짖어대지 않았던가? 점점 더 마치 약 올리듯…. 만약 계속 기다렸다면 아마 심장이 썩어 버렸을지도 모른다.

그러니 악순환을 끊기 위해서라도 심사숙고 끝에 악을 행사하지 않을 수 없었던 셈이었다.(아마 이 부분이 개선된다면 한국인은 독특한 선진국의 국민이 될 수 있으리라.)

물론 지금 와서 변명 따윈 하고 싶지 않다. 애완견 주인이나 개에게 삶의 권리가 있듯 지하방 거주자인 나에게도 최소한의 존재 조건은 인정돼야 한다는 사실이다.

나도 한때는 내가 제일이라는 생각에 **빠져** 산 적이 있다. 하지만 그건 망상일 뿐이었다. 안고수비^{眼高手卑}라고나 할까. 누구든 몽상 속에서는 왕자가 될 수 있겠으나 현실 앞에 나서면 현란스런 베일이 벗겨져 실상을 깨닫는다. 그런 경우 대부분의 사람은 헛욕망을 잠재의식 속에 묻어둔 채 자기 능력에 맞춰 평범하면 평범한 대로, 현실 유행 따라 살아가고, 탁월한 자는 아예 몽상을 초월해 자신의 욕망을 현실 위에 구현하며 떵떵거린다.

그런데 나 같은 반거충이 꺼병이들은 계속 몽상에 달라붙어 현실을 깔보는 것이다. 그 결과는 참혹하다. 다른 건 차치하고, 내가 생의 진실이라 믿었던 모든 게 거꾸로 바뀌어 거짓의 구렁텅이 속으로 떨어져 내리는 것이다. 혹시 작은 깨달음이라도 있다면 그걸 붙잡는 게 좋겠지. 구렁창 밑바닥에 떨어져 보면 마침내 홀연 어떤 소리를 듣게 될지도 모른다.

'헤헤, 이 세상엔 각양각색의 진실이 존재한단 말야. 모든 사람에겐 다 자기 나름의 진실과 허위가 있는 셈이랄까. 흐흐, 인생 자체가 모순이지만, 자기 진실을 너무 고집하면 오히려 허위로 전락하는 아이러니가 발생하지 않던가 말씀이야. 흠, 진실이란 상대적이며 100퍼센트의 순수 진실은 없다구. 50:50, 60:40, 70:30… 식으로 이를테면 진실과 허위가 뒤섞여 있지 않을까. 진실이라 해도 때론 관념적인 90퍼센트보다 실제적인 10퍼센트가 더 진실일 수도 있구 말야. 그게 즉 현실적인 인간이며 인생이다! 그러니만큼 당신 자신의 진실이 아름답고 소중하다면 타인의 진실도 존중해 줘야 하는 셈이란 말씀이지. 하하… 사람뿐 아니라 짐승이나 벌레의 진실도…. 벌레 무리에도 배우, 군인, 정치가, 사업가, 노동자, 예술가, 도둑놈, 살해자 따위가 있고 그들도 자신의 진실을 주장할 테니까.'

아니할 말로 마두라는 별칭으로 지탄받는 어느 전직 대통령도 자신은 이 나라에서 가장 진실했고 지금도 진실하노라고 나불나불 떠벌이잖은가. 민주화니 각성된 국민이니 해도 그 입 하나 막지 못하는 건 진실 자체의 양면 때문인가, 한국인들이 으레 두 주머니를 차고 다니기 때문인가? 진실이 허위로, 허위가 진실로 늘상 뒤바뀌는 세상인걸 뭐 어쩌랴 하고….

이 세상의 일개 부속물에 불과한 내가 쉽사리 단언할

만한 일은 아니었다.

난 낡아빠진 의자에 걸터앉은 채 변색되고 곰팡이가
핀 허여무레한 벽을 둘러보았다. 잠바도 걸치지 않고 양
말도 신지 않은 맨발인지라 음습한 냉기가 몸속으로 파
고들었다.

최면 걸듯 포근한 보금자리라고 생각했지만 이따금
지하 감방 같은 느낌이 엄습하기도 했던 곳…. 나름대로
노력하는데도 왜 이다지 궁핍하게 살아야 하는지, 무슨
죄를 지었기에 이 을씨년스런 감옥에 갇혀 계속 신음해
야 하는지 의심스럽기도 했었지. 그리고 위층에서 짖어
대는 개와 쿵쿵거리는 사람 발소리, 아줌마의 째지는 듯
한 고함 소리에 질린 나머지 그들을 인간이 아닌 귀신
이라 공상하기도 했었어.

마음속에 하느님과 부처님과 공자님과 예수님과 소크
라테스를 초청해 놓고 잡귀 퇴치법을 전수받으려 노심
초사하기도 했지. 사악한 것들이니 막무가내로 쫓아내
버릴 것이냐, 혹은 잘 지도하고 감화시켜 이용후생할 것
인가 약간 고민이 되기도 했어. 흐흐….

그 성현님들은 말씀하시길, 잡귀라도 이해하게 되면

가엾어 보이리라는 거야. 인간의 마음속엔 신성도 존재하며 짐승과 잡귀도 잠복해 있느니만큼, 만일 굳이 쫓아낸다면 나 자신의 일부까지 떨어져 나갈 수 있다는 충고였지.

꼭 성현의 조언이 아니더라도 정신을 투여해야 하는 일인지라 그럴 가능성은 충분했다.

후훗, 그동안 공부한 나름의 내공을 모두 동원해 나 내부의 귀신과 외부의 잡귀를 인정하고 서로 화해시켜보려 애썼지. 하지만 가능성이 있어 보이다가도 위층의 잡귀들이 제멋대로 준동할 땐 도무지 참아낼 수가 없더군. 그래서… 차라리 내가 악한이 되어 잡귀에 빙의된 그들을 응징하기로 결심했는지도 몰라. 흐훗….

난 지하방을 빠져나왔다.

겨울바람 부는 바깥이 오히려 더 화창하고 시원하게 느껴졌다. 대비 효과라고나 할까.

내가 지하 1층과 지상 1층 사이에서 고뇌하는 동안 어떤 사람은 2층 3층을 넘어 마천루를 꿈꾸고 있는지도 모른다.

아, 그리고 내가 골방 속에서 몽상하던 세계여행을 누

군가는 한껏 휘돌아 마치고 이젠 우주 유람을 계획하고 있으리라. 설령 바보 멍청이라도 세계 일주를 한번 하고 나면 아마 나보다는 훨씬 똑똑해질 것이다.

왠지 난 예전부터 1층은 평범한 사람들이 사는 곳으로 생각했었다. 물론 세상 물정 모르는 나의 착각일 뿐이다.

하긴 1층은 건물의 기본 토대로서 생활 현실과 가장 가깝고 또 편리하다. 이상과 상상을 선호하는 3층이나 옥탑방 거주자에 비해 그들은 현실 추종적인 성격이 좀 더 강한 듯싶었고, 같은 관점에서 지하방 거주인들을 하찮은 몽상과 망상에 빠진 상식 이하의 동물로 무시하지 않을까 싶기도 했다.

하지만 그건 덜떨어진 공상일 뿐이다. 지하실은 포도주 저장고로는 유익할지 몰라도 사람이 살 만한 공간은 결코 아니다.

1층에 사는 경우 필요하다면 검은 커튼이나 여타 도구를 사용해 충분히 지하방 같은 그윽한 분위기를 자아낼 수 있겠으나, 사시장철 어둑스레한 지하실에선 습기와 곰팡이와 바퀴벌레 따위가 영혼을 항상 지옥으로 끌어내리려는 것이다. 지하 골방이 인간 정신을 비범하게 해줄 수도 있다는 생각은 직접 경험한 바 적어도 한국에서는 허구적 망상에 불과할 뿐이다. 설령 비범한 면이 있을지라도 그건 1층이라는 한국인의 상식선을 넘지 못한 채 찌부러져 기괴해져 버린 구슬픈 비범에 지나지 않으리라.

돈, 돈이 없다는 대죄 때문에, 대한민국 땅에 살면서도 조선시대의 양반이 상놈을 대하듯 무시하는 눈길을 감내해야 하는 것이다. 이건 그저 내 피해망상에 불과한 걸까?

어쨌든 결코 평범하지 않은 조금쯤 비범한 방법으로 1층에 기거하게 된 나로선 옛날 옛적 지하방에 살던 나 자신이 불쌍스런 꺼병이로 여겨지는 게 사실이었다.

신의 침묵

내가 그토록 증오했던 솜희 엄마는 아직 무소식이었
다. 벌써 한 주일이 지나 보름째가 다 되어 가건만….

나로선 이기적인 그 여자가 돌아오는 건 무척 싫었으
나 차마 죽음까지 바라진 않았다. 그 악녀에게도 찾아보
면 전혀 장점이 없진 않을 테고, 그녀를 좋아하는 사람
또는 그녀가 사랑하는 사람이 있을 테니까. 그저 어딘가
먼 순례 여행 후 한 가닥 삶의 진실을 깨우쳐 돌아온다

면 멋쩍은 인사나마 한 마디 건넬 용의는 있었다.

꼭 필요하다면 내가 다시 지하방으로 내려갈 수도… 설령 숨희가 따라 내려오지 않더라도…. 그런데 왠지 의외로 숨희는 별로 걱정하지 않았다.

이전에도 훌쩍 나갔다가 일주일이나 한 달쯤 후 귀가한 경우가 흔했던 모양이었다. 남편과 함께 혹은 홀로….

찾아오는 손님도 없었다. 간혹 한 번씩 전화가 걸려 왔지만 숨희가 받아 여행 중이라고 대답하면 곧 끊어졌다.

3층짜리 공동주택의 거주자들도 마찬가지였다. 도시의 시멘트 섬에 사는 그들은 자기 속을 내보이고 싶지 않은 만큼 이웃의 내장도 보고 싶지 않은 모양이었다. 간혹 치고 박는 싸움을 벌여도 별무관심이었다. 아마 살인이 일어난대도 모른 척할 성싶었다.

내겐 오히려 그게 더 좋았다. 예전 같으면 피 터지는 집안 싸움이나 개소리에 대해 공동체적 대응이 없어 아쉬웠는데, 이젠 내가 처한 상황이 예사롭잖은 만큼 그저 조용히 무관심하길 바랐다. 흐흐….

문득 세상이 비극의 무대 같다는 생각이 든다. 현실이 비극적이라는 얘기만은 아니다. 현재 생존 현실도 그렇겠지만, 현실을 살아가는 사람들의 머릿속에서 숨쉬는 과거 기억이나 미래에 대한 걱정 또한 비극을 불러일으킬 만한 상황이 많다.(여기저기서 희극적인 비누 거품이 부글부글 솟아오르긴 해도 강물의 분류는 깊은 상심을 가슴속에 품은 채 흐른다. 잘 알려진 얘기지만, 비극 없이는 희극도 없고 희극 없인 비극도 그저 공허 비참할 뿐이다. 직접 체험해 봐야 비극의 깊이를 알 수 있는가.)

혹시 형제복지원의 경우도 비슷하지 않을까? 한때 붉은 핏기 섞인 거품이 진실을 향해 솟아오르다가 사그라져 버렸으나, 여전히 이 세상과 피해자들의 가슴 심장 속에선 비애의 곡조로 맥동치고 있지 않을까?

어떤 피해자 개인이든 우리 사회 국가든 이 문제를 제대로 풀지 않으면 좋은 미래를 바라볼 수가 없다. 종교적인 징벌이나 윤회를 배제하더라도, 현실 사회 생활과 국가 체제는 늘 돌고 돌기 때문이다. 마치 욕망의 맷돌처럼…. 인간이 바로잡아 주지 않으면 잊혀 버리기도 하겠거니와 끝내는 변질돼 좀비 균처럼 광증을 일으킬 수도 있다.

무서운 일인데도 우리는 태연하고 무심하다. 자기 자

신에게 재앙이 미치기 전까지는….

솜희는 조금씩 변하고 있었다. 은근히 나를 증오하고 있는지 사랑하는지 모르지만 어쨌든 내 작업에 참여해 거들어 주는 편이었다.

처음엔 거부감을 지닌 채 미간을 찌푸리기도 했는데 (혹시 나에 대한 반감이었을까?) 차츰 피해자들에게 연민을 느끼기 시작했다.

난 그녀에게 조금씩 설명해 주었다. 이미 너무 많이 알려져 원고엔 쓸 수 없는 얘기에 대해 솜희는 소녀처럼 처녀처럼 호기심을 내보였다.

옛날 옛적에 형제(자매)복지원이란 곳이 있었지. 지상의 지옥이랄까. 땅속 구만리가 아니라 부산시 북구 주례동 산 18번지에 실제로 존재했던 회색의 건물….

형제복지원은 박정희 정부 시대인 1975년 무렵부터 전두환 철권통치 시절이던 1985년 전후까지 가장 맹위를 떨쳤지만, 그 모태는 1960년 초에 설립된 형제육아원이라더군. 그리고 1970년대에 부랑인 수용시설로 바뀌고 부산시와 위탁 보호 계약을 맺음으로써 생사람의 지옥이 시작되었다지.

만약 그 당시 너 또는 내가 부산역이나 남포동 혹은 영도 다리 부근에서 서성거리다가 붙잡혀 그곳으로 끌려갔다면, 현실 위에 군림했던 지옥의 맛을 톡톡히 보곤 지금과 다른 인간이 돼 있을지도 몰라. 인생의 흐름도 전혀 다르고….

그곳에서 살아 나온 사람들은 자기가 진짜 자기 자신인지 가짜인지 헷갈릴 뿐더러 밤낮 없이 괴기스런 악몽에 시달린다더군. 왜 안 그렇겠어, 응? 자살까지도….

유복한 가정환경에서 자란 사람들은 타인의 비극에 대해 짐짓 민감할 성싶은데, 한국에선 오히려 점점 더 매정하고 냉담해져 갈 뿐이야. 미드(미국 드라마)나 일본 영화를 보면서는 가짜 눈물을 찔끔거리면서도 말이지. 왜 가짜 눈물이냐구? 슬픈 장면에서 깔깔 웃어대기 때문이랄까.

후훗, 대체 왜 누가 누구 좋으라고 이 나라를 생존 적자의 동물계로 변질시켜 나가고 있는 걸까? 남의 불행을 보면서 자신의 행복을 증폭시키려 하는 건 진짜 행복을 모르기 때문이겠지. 흐흥, 답을 안다고 무슨 수가 있는 건 아니니 그냥 넘어가자구.

아무튼 그 시절 어떤 사람은 부산에서 거대 항구도시의 낭만을 만끽했는지 모르지만, 재수 없게 거미줄에 걸린 나비며 꿀벌이며 개미들은 죽음보다 더한 고통을 당했지. 이건 희떠운 비유가 아니라 사실이었다더군.

거미는 포획된 생명체를 곧장 발라 먹기도 하지만, 일단 칭칭 감아 마취시킨 후 두고두고 싱싱한 엑기스를 계속 빨아 먹는다. 형제복지원의 박인근 원장 이하 졸개들도 자기들의 탐욕과 쾌락을 위해 죄 없는 수용자들을 그렇게 다뤘다지.

그 당시 처가살이하던 중 장인에게 일종의 쿠데타를 일으켜 복지원을 장악한 그는 서서히 하나의 독재 왕국을 만들어 나가기 시작했대.

그건 혁명을 빙자한 쿠데타, 1인 철권독재, 살인마적 인권 유린이라는 점에서 박통(박정희)과 그의 양아들격인 전통(전두환)의 행실과 비슷했다. 그 이후, 박인근 원장의 수완이 좋았는지 혹은 두 대통령들께서 박 원장을 졸개로 이용했는지 속셈은 알 수 없지만 한통속의 기생충과 숙주의 관계가 아니었을까?

누가 누굴 속이고 속였는지 굳이 따질 필요도 없으리라. 서로 이용한 관계…. 선진조국 건설이니 정의사회 구현이니 하는 플래카드를 하늘 높이 펼쳐 놓은 채, 부정부패한 특권자들에게 면죄부를 팔아먹고, 가난한 국민들은 일개미처럼 부려먹다가 조금만 불평불만을 흘려 내도 간첩이니 빨갱이니 누명을 덧씌워 감옥이나 수용소로 보냈었다지.

권력자들은 국민을 반동분자로 날조해 인간쓰레기로 처분해서 좋고, 박인근 원장 같은 자들은 국가 보조금을 꼬박꼬박 타먹어서 만고땡이지 뭐. 개나 소처럼 두당 얼마씩에 거래한 셈이랄까. 마치 영화 속의 괴물이 사람을 잡아 가둔 채 살을 뜯어 먹고 생피를 빨아 마시듯 그들은 원생들의 노동을 착취하고 성폭행을 저지르면서 국가의 적극적인 지원을 받았단 얘기야. 공생과 기생….

원장 박인근은 어떤 인물이었던가? 형제복지원 생존 피해자들의 증언에 의하면, 그는 천사의 가면을 쓴 괴인이었단다. 악귀와 괴물이 인간의 형상 속에 들어 있었달까.

대부분의 복지 시설이 신의 사랑을 내세우고 있지만, 특히 박 원장은 본관 지붕 꼭대기에 십자가를 내세워 놓은 채 천국에 대하여 연설하곤 했다지. 진짜 천국이 아닌 주관적인 자신의 욕망을 투사한 그 사이비 복지원은 지옥을 꼭 닮아 있었대. 인간을 신에게 가까이 가게 하기보다 악귀의 구렁 속으로 몰아넣은 곳, 현대의 아수라 지옥!….

그는 왜 그랬을까? 혹시 그 자신이 대통령보다 더 지엄한 신으로 행세하고 싶었던 건 아니었을까. 소왕국의 무소불위 권력을 휘두르는 악신….

그는 허우대가 좋고 얼핏 보아 호인형이었다더군. 거무죽죽하고 두꺼운 낯가죽엔 늘상 자기 나름의 주관적인 미소를 짓고 있었다는데, 원생들은 독사가 눈을 번득거리는 것 같아 맘속으로 더 두려워했대.

어느 날 오후, 양복을 쫙 빼입고 나타난 그는 무슨 기분 좋은 일이 있는지 휘파람을 불었단다. 문득 이슬비가 몇 방울 떨어지자 그는 하늘을 향해 구시렁거린 후 마당 한쪽에서 한창 고된 작업 중이던 원생들을 향해 손짓하며 소리를 질렀대. 맨 앞쪽에 서 있던 어린 원생이 삽을 든 채 지친 다리로 흐느적 흐느적 달려갔어. 혹시 가장 빨리 가면 건빵이라도 하나 얻어먹을 수 있는 선착순 경기로 생각했는지 몰라. 그런 일은 종종 있었다니까. 늦게 도착하는 놈은 아무리 전심전력 내달렸더래도 무슨 죄인인 양 몽둥이 밥이 되었대.

소년은 1백 미터 단거리 경주 선수처럼 달려갔지만 원장의 얼굴엔 점점 울화가 치밀어 오르고 있었지. 시간 감각이란 건 어차피 객관적일 수 없고 주관적이니까. 젖 먹던 힘까지 내어 한껏 내달렸으나 황제 원장의 눈엔 느림보 거북이로 보였던가 봐. 그는 헐떡거리는 어린 원생의 팔꿈치에 낀 삽을 억세게 뽑았어. 긁힌 어린 손등에서 붉은 핏방울이 돋아나 이슬비와 섞여 흘러 내렸지. 박 원장은 삽날로 원생의 발을 찍으며 호통을 내질렀어.

"여기가 네 집 안마당이냐, 엉? 어디서 엄살 떨어대며 느즉느즉 걸어와, 새꺄! 우산 가져오랬지 요걸 갖고 도대체 뭘 하라는 거야, 앙? 너나 실컷 뒤집어쓰라우!"

그는 삽을 들어 소년의 빡빡 깎은 알머리를 내리쳤어. 퍽 하는 소리와 함께 소년은 괴이스런 비명을 흘리며 쓰러져 흙탕물 속에서 뒹굴었대. 발가락들이 반쯤 떨어진 채 피를 흘리며 물 위에 이상스런 지도를 그리고, 머리는 찢겨 허연 골수가 붉게 물들었다더군.

자만심에 가득 찬 악동들은 죄 없는 개구리를 잡아 내

동댕이치곤 깔깔거리곤 하지. 흠, 그런 악동 앞의 개구
리처럼 파르르 떨며 몸부림치는 어린 원생을 잠시 째려
보던 박 원장은 삽날로 몇 번 더 내려치곤 복지원 본관
을 향해 성큼성큼 걸어갔단다….

"그앤 어찌 됐나요?"
솜희가 질린 표정으로 물었다.
"껍질을 반쯤 벗겨 놓은 개구리가, 팔딱거린다고 과연
살아날 수 있을까? 한번 상상해 봐."
"아유, 무서워!"
솜희는 진저리를 쳤다.
"그곳에서 죽음은 돌멩이나 지푸라기처럼 널려 있었
다더군. 삶과 죽음의 실체는 은닉되고 누르칙칙한 갱지
에 적힌 수인번호가 사람 대신 행세를 했다지. 그 갱지
명부를 찢어 구겨 버리면 한 인간 존재의 생몰마저도
지상에서 사라지고 마는 거지."
"살인자."
"흠, 살인자보다 더 간악하지 않을까? 생명을 짓밟는
것도 모자라, 자기가 믿는 신을 내세워 인간을 우롱하

고, 자신을 신성화시키고, 결국엔 신을 타락시켜 자신의 노리개로 삼은 괴물…. 내면의 깨달음을 통해 초인이 되는 게 아니라, 외면적인 허세와 강압으로 인신人神인 양 군림하려 획책했기에 그런 살인적인 폭력이 필요했던 거겠지. 고등종교를 흉내 낸 사이비 종교라기보다… 기독교를 제멋대로 해석하여 이른바 복지를 빙자한 채 신흥 황금 화수분 왕국을 건설하려고 광분한 자…. 정상적인 관계보다 절대 권력에 절대 복종을 강요한 독재자 혹은 그의 모방 그림자랄까? 그의 신, 신념, 진실이란 건 주관적인 과대망상에 바탕을 둔 악마의 욕망이 아니었을까?"

솜희는 말없이 한숨을 폭 내쉬었다.

"여자란 대체 뭐니, 응?"

그녀는 고개를 흔들었다.

"여자면서 여잘 모른다구?"

묵묵히 머리를 끄덕였다.

"흠, 나 역시 잘 모르겠어. 인간을…."

난 컴퓨터 마우스를 움직여 한 장의 사진을 화면에 떠올렸다.

박 원장 부부가 아들 같은 소년과 함께 화려한 샹들리에 아래 앉아 있었다. 또 한 장의 사진인, 박 원장이 대통령 각하 앞에서 깊이 목례하며 상을 받는 장면과 결부시켜 보면 축하 파티 같기도 하지만 확실친 않았다.

원생들로부터 사모님 혹은 때론 영부인으로 불리기도 한 박 원장 마누라는 퉁퉁한 얼굴에 짙은 화장을 한 채 미소를 짓고 있었다. 오래된 흑백 사진이지만 목걸이와 반지에 박힌 보석들이 내뿜는 화려한 광채는 잘 느껴질 정도였다. 하지만 자애로운 어머니 같은 얼굴 뒤에서는 원생 한 명당 얼마라는 치밀한 계산을 하고 있었으리라. 한 두당 보조금 얼마에 노동생산력 얼마…. 인피 가면을 쓴 채 사람을 짐승이나 사물로 독단한 게 아니겠는가.

암여우 같은 그녀가 꾀를 내고 삵 같은 남자가 악행을 저질렀는지 반대였는지 불분명하지만, 그들 둘이 형제복지원이란 소왕국의 왕과 왕비로 행세한 건 사실이었다고 전해진다. 원장 부인은 배우보다 화려하게 치장하곤 자기 친구들을 데리고 와 웃으며 구경시켜 주었다고 한다.

소녀 눈동자

그곳엔 어린애부터 노인네까지 두루 수용돼 있었다. 갓난 어린애부터 소년 소녀, 청년 처녀, 중장년 아줌마와 아저씨, 저승꽃이 핀 할머니 할아버지까지….

요즘 시대 젊은이들은 이해하기 어렵겠지만, 군부 독재가 시작된 1960년대부터 70년대 유신 정권을 거쳐 1980년대까지는 정부가 제 입맛에 거슬리는 국민들을 마구잡이로 체포해 감옥이나 강제수용소에 처넣을 수 있었다. 일제 강점기의 악질 경찰보다 더 악랄한 고문을 자행해 만신창이 병신으로 만들었으며 때려 죽여 암매장해 버리기도 했다.

전국 각지에 여러 가지 수용소가 있었지만, 형제복지원은 그 규모가 최대였으며 살인적인 구타, 소년 소녀 성폭행 등 상상을 초월하는 만행으로 악명이 높았다. 심지어 선감도 강제수용소에서 이감돼 온 꼴통 원생마저 바짝 긴장한 채 죽음의 늪 속에 빠지지 않으려고 조심할 정도였다.*

북구 주례동 산 18 지옥 번지.

저 멀리 산기슭에 황량하고 거대한 회색 시멘트 건물들이 위압적으로 죽 늘어서 있었다. 원생들이 직접 피땀 흘려 지은 건물이 그들 자신을 가둬 놓고 있었다.

수송차가 육중한 검은 철문을 밀고 들어서면 괴상스

---

* 국가 지원금을 이중삼중으로 받아 챙겨 먹기 위하여 전국의 복지원과 수용소들은 서로 음모해 원생들을 빌려주고 돌려 막는 따위의 온갖 방법으로 이른바 '원생 장사'를 했다.

런 마찰음과 함께 즉시 닫혔다. 그 순간부터 사람으로서의 모든 자유가 박탈당했다.

굵은 쇠창살을 붙들고 흔들며 죄가 없으니 내보내 달라고 절규하는 사람도 있고, 산꼭대기에 우뚝 선 십자가를 향해 기도하는 사람도 있었지만, 대부분의 인간 군상은 긴장한 채 그저 수런거렸다. 큰 죄가 없으니 곧 풀려나겠지 하고 바라는 모습이랄까.

하지만 그건 모두 착각이었다.

운동장(연병장) 한가운데로 모이라는 단 한 마디 명령이 우렁우렁 울려 퍼진 즉시 붉은 완장을 차고 손에 몽둥이를 든 규율대들이 나타나 복종하지 않는 '물체'들을 마구 두드려 패기 시작했다. 그곳에선 인간이 아니라 하나의 물건 혹은 인형이었던 셈이다.

"아악! 으윽!"

비명소리 속에서 대열은 칼로 자른 두부같이 반듯이 정돈되고, 한쪽엔 반주검 상태에 빠진 인형이나 부상자들이 뻗어 있었다. 그들은 즉 형제복지원의 규율을 실제로 보여 주고 더욱 강고히 유지시키기 위한 희생양이었던 셈이다.

누군지 게트림을 하며 이동식 철제 단상 위로 올라섰다. 그 꼴로 보아 원장은 아니었지만 제법 위세를 가진 자인 듯했다. 독사 같은 눈을 번들거리며 그는 지껄였다.

"이곳은 하나의 신세계다! 자기 하기에 따라 미국 서부 영화에서처럼 사나이의 멋진 생존법을 터득해 출소 후 새로운 인생을 구가할 수도 있고 개병신 같은 존재로 빌빌거릴 수도 있다. 순간의 선택이 평생을 좌우한다! 다만, 너희들은 건맨이 아니라 인생 쓰레기임을 명심하고 늘 시시각각 새사람이 되게끔 노력해야 한다. 그러기 위해서는 명령에 대해 절대 복종해야만 한다! 알겠나? 불만 있는 자는 손을 들어라!"

쥐 죽은 듯 조용하기만 했다. 아무도 어떤 말도 행동도 하지 않았다. 분위기가 너무 살벌했던 것이다.

사단은 본관 안으로 들어가 수용자 분류와 신상명세서를 작성할 때 벌어졌다.

자기는 부랑자가 아니라는 애소가 이어졌다. 그 중 한 젊은 남자는 잠바 윗주머니에서 종이쪽 한 장을 꺼내 흔들며 소리쳤다.

"이게 뭔지 좀 보시우. 자, 똑똑히 보란 말요! 이건 국가에서 발행한 귀향증이오. 사기꾼 놈한테 속아 집도 논도 마누라까지도 뺏겨 버렸수. 사이비 신흥종교 협잡꾼 놈들한테…. 참다참다 못해 개쌍놈 하나를 패고 감옥살이하다가 얼결에 여기까지 왔수다."

"잘났다, 이 새끼야! 까딱했으면 살인자가 돼 교수형 당할 뻔했구면. 집도 절도 없으니 여기가 천국이라 생각하고 얌전히 감사하게 처신하라구."

붉은 완장을 찬 채 감시하던 두 사내가 원통한 인간의 절규를 비웃으며 양 뺨을 사정없이 갈긴 후 어디론가 끌고 갔다.

그 다음엔 반질반질한 양복 차림의 중년 남자가 불평불만을 토해냈다.

"아니, 대한민국 민주 사회에서 이게 도대체 무슨 짓이오? 울화통이 터지지만 가능한 이성적으로 말하겠소. 난 한국 사람이라면 다 아는 유명한 제약회사 사무직 과장대리요. 경남 지사에 출장왔다가 서울 본사로 복귀하려고 부산역 대합실에 앉아 잠시 조는 사이 깡패 같은 놈들에게 끌려 왔단 말요. 당장 내보내 주지 않는다면 경찰에 신고하겠소!"

"하핫, 그러슈? 나름대로 뇌물을 주고 받으며 잘 살았
겠군. 하지만 어쩐다? 여긴 일단 한번 들어오면 대통령
할애비라도 맘대로 나갈 수 없단 말요. 왜냐? 바로 대통
령 각하께서 윤허하셨으니까. 흐흐… 규칙대로 처리될
뿐이니 잔말 마슈."

"사설 범죄 집단이 아니면 도저히 이럴 수가 없어! 대
통령 자체가 희대의 살인마라고 지탄받고 있는 마당에
뭔 도깨비 씨나락 까먹는 소리…."

하지만 그 남자는 말을 끝맺지 못했다. 완장 찬 사내
의 억센 주먹이 입을 강타했기 때문이었다. 비명 소릴
낼 틈도 없었다. 주먹질이 퍽퍽 둔탁하게 이어졌고, 중
년 남자는 얼굴이 피투성이가 된 채 무릎 꿇고 쓰러져
신음했다.

피거품 묻은 이빨 몇 개가 입술 사이로 비어져 나왔다.
침과 함께 땅바닥에 굴러 내린 자신의 생이빨을 바라보
던 사내는 문득 기괴스런 표정으로 키득거리기 시작했다.
웃음인지 울음인지 분간하기 어려웠다. 흙 묻은 이빨을
하나씩 줍던 그는 갑자기 짐승처럼 울부짖었다. 망실돼
다시 되찾을 길 없는 자기 생명의 유일물에 대한 전율….

"뭘 그딴 걸 갖고 지랄이셔, 응? 남은 옥수수까지 왕창 다 털어 버리기 전에 정신 차려, 짜샤!"

"이 쌍놈!…."

중년 남자는 온 힘을 끌어 모아 완장 찬 사내의 사타구니를 움켜쥐었으나, 반대로 급소에 발길질까지 당한 후 짐승처럼 끌려 나갔다.

살벌한 분위기 속에 얼마쯤 벽시계 바늘이 째깍거렸을 즈음, 갑자기 늙수그레한 어떤 촌로가 두 손을 싹싹 비비며 바싹 마른 입으로 호소했다.

"선생님, 제발 한번만 봐 주시우. 난… 저 사람들맹키로 죄가 없다고 뻗대진 않겠시우. 어릴 적에 새 새끼를 둥지에서 꺼내 키우려다가 죽인 적도 있고, 길거리에서 주운 돈을 경찰서에 신고하지 않은 채 슬쩍 챙기기도 했고, 그리구 또… 마누라 몰래 딱 한 번 홍등가에 들렀다는 사실을 여태껏 숨기고 있으니까유… 좋소, 내 죄를 인정하고 벌을 받겠소이다! 다만… 딱 한 가지만 애걸복걸 부탁드릴게유…. 사실은 내일 낮 정오에 우리 큰딸이 결혼을 합니데이. 반평생 살아오매 인생살이가 여의치 않다는 건 익히 겪어 알지마는… 첫딸 년 혼례식에 멀쩡한 아비가 이런 데 갇혀 불참한다면 어찌 상상이나 할수 있겠시유? 나는 지금도 이게 꿈속의 지독한 악몽이 아닐까 싶구면유. 선생님, 제발 좀 선처해⋯."

"흥, 그런 더러운 죄를 지었으면 딸을 위해서라도 예식장에 가지 말고 여기서 속죄하는 게 더 좋겠구먼. 할배 자신은 뻔뻔스레 별 죄가 아니라 변명하지만 누가 어찌 알겠어? 당신이 기분에 취해 어느 창녀의 뽁 속에 싼 용갯물이 어떤 애를 낳게 만들었다면, 과연 그 애의 삶이 어땠을지 한번쯤 생각해 보기나 했수, 응?"

"창녀가 뭔 애를 낳으려구⋯."

촌로 역시 누르칙칙한 주름 투성이 뺨을 얻어맞곤 끌려가면서 비명을 내질렀다.

"이게 뭔 날벼락이여! 여긴 국가도 법도 없는겨!"

하지만 어떤 대꾸도 메아리도 들려오지 않았다.

다음엔 한 어린 소녀 차례였다. 열 살쯤이나 됐을까, 얼핏 예쁘장한 얼굴인데 볼 한쪽에 불그무레한 반점이 핏방울이나 노을처럼 퍼져 있어 일말의 애달픔을 왠지 모르게 자아냈다.

"넌 왜 이리 왔어. 계집애라면 저쪽 줄로 가!"

뚱뚱한 관리원이 말하자 소녀는 긴 머리카락을 찰랑 찰랑 흔들며 대꾸했다.

"난 집 없는 떠돌이 계집애가 아니라 공주란 말야. 그러니 어서 내보내 줘."

"쪼꼬만 미친 년이 지랄하네! 너 코끼리 꼬추 맛을 한번 보고 싶냐, 응?"

"씨발놈, 지랄떨고 자빠졌네. 니 좆이 그리 크면 니 콧구멍 속에 집어넣으면 딱 되겠네. 호호…."

"요 쌍년, 언젠가 꼭 한번 내 맛을 보여 주지."

사내는 볼펜으로 소녀의 이마를 쿡쿡 찔렀다. 소녀는 때 절은 머리칼을 세차게 흔들었다. 누추한 옷 속의 호리호리한 몸매도 따라 율동쳤다.

"쌍 개색… 니 마누라한테나 꽂아 줘! 호호…."

소녀의 웃음은 중간에 끊어졌다.

완장 찬 놈의 억센 손이 입술을 막곤 냉큼 끌어 갔기 때문이었다. 소녀의 발버둥은 아무 소용이 없었다.

수많은 사내들이 잡혀 와 있었지만 그저 지켜보기만 할뿐 더 이상 나서는 사람은 없었다.

3부

얼음 절벽

사
랑
의
오
염

하얀 눈이 또 내렸다.

한 며칠 흐리더니 펄펄 내려 세상을 순수의 사원처럼 덮어 갔다.

하지만 그 속에 얼마나 많은 허위와 추악이 숨어 있는 지 대부분의 인간은 이미 짐작한다. 다만 흰 눈 속에서 잃어버린 진실과 선량함과 아름다움을 꿈꾸고 추억할 뿐….

지금은 매머드 아파트 단지로 변해 사라져 버린 형제 복지원도 한 겹 한 겹 눈에 덮이고 있는지 모른다. 우리들의 기억 속에서 점점 멀어져 가고 있는 곳….

창문을 떠나 거실 쪽으로 갔다.

티브이 뉴스 화면에도 눈이 내리고 있었다.

솜희는 소파에 비스듬히 기대 누운 채 살풋 잠든 모양새였다. 난 이불을 가져다가 그녀의 육신 위에 덮어 주었다. 평소엔 몰랐는데 좀 해쓱해진 얼굴이다. 아무리 나 같은 괴팍스런 남자에게 연정을 느껴 이런 상황을 만들게 됐다지만 개인적인 고민이 없을 리 없다.

난 허리를 굽혀 그녀의 창백한 이마에 살짝 입맞춰 주었다. 눈은 뜨지 않았으나 잠들어 있지 않다는 걸, 적어도 조금 전쯤 깨어났다는 걸 느낄 수 있었다. 속눈썹이 파르르 떨렸다. 대체 왜 자연스레 눈을 뜨지 않을까? 왜? 장난으로 그러는 것 같진 않았다.

난 다시 창문가 쪽으로 걸어가며 생각했다.

날 두려워하고 있는 걸까? 그럴 수도 있겠지. 왜 불안하고 초조스럽지 않겠는가. 그럼 그동안 다정다감하고 침대에서도 애정을 속삭이던 예쁜 입술은 인형의 입이었나, 내가 속은 걸까? 아냐, 존재 자체의 공포감은 잠재의식에서 나오는 것이니 어쩔 수가 없지 뭐. 음, 그래도 좀 섭섭하고 허망하긴 한걸….

난 창문 앞에 서서 펄펄 내리는 눈을 바라보았다.

시멘트로 만들어진 가옥들은 백설에 덮여 가면서도 자기를 과시하려는 성싶었다.

유리창 아래쪽에 문득 티브이 화면이 비쳤다. 여의도 국회의사당에서 남녀 의원들이 뒤섞여 파당의 이익을 내세우며 개떼처럼 싸우는 장면이었다. 민의의 전당 안쪽에선 피가 튀는데 바깥은 흰 눈에 덮이고 있었다. 그 한구석에서 단식 농성 중인 형제복지원 피해 생존자들의 얇은 비닐 텐트가 눈발에 스산스레 묻혀 가는 모습도 잠시 잠깐 스치듯 비쳤다.

저 하나의 풍경을 두고도 사람들 혹은 언론은 자기네의 아집 아견에 따라 각기 다른 주장을 펼칠 터였다. 엄동설한 속에 웅크린 채 단식 중인 저 사람들을 보고도 사리사욕의 이기심이라 비난하는 국회의원이 있었다. 그들 자신의 사리사욕엔 잔뜩 눈독을 들인 채….

과연 무엇이 진실일까? 나 자신의 진실과 진심도 믿

을 수 없으니… 유리창에 비쳐 어른거리는 티브이 화면이 진상인지 복제품인지, 마당의 오동나무에 피어나는 설화雪花가 실재인지 환상인지, 내 기억이 옳은지 눈앞 현실이 허상인지 종잡을 길이 없었다.

난 솜희의 눈에 입맞춰 주고 싶어 몸을 돌려 창가를 떠나려 했다.

그런데 침대에 누웠으리라 생각했던 그녀가 바로 뒤에 서 있었다. 눈도 졸음기 없이 거울처럼 맑았다.

난 흠칫 놀랐으나 겉으론 미소를 지어 보였다. 섬뜩한 느낌이 든 건 나 자신의 죄악 때문이었을까.

"왜, 응?"

솜희는 대꾸 없이 나를 따라 입귀에 살짝 미소 띨 뿐이었다. 그러곤 유리창에 다가서서 흰 눈에 덮여 가는 바깥세상을 바라보았다.

"내가 무섭지 않아?"

"자긴 내가 무서워요?"

"아니…."

"거짓말."

"난 가끔 자기한테 죽어도 좋다고 생각하는데 대체

뭣이 두렵겠어…. 오히려 자기가 날 두려워하지 않을지 궁금한걸."

"때론 두려워요. 하지만… 무서움 없는 사랑은 없지 않겠어요? 호호…."

"거짓은 어때, 응?"

"알면서… 거짓 없는 사랑이 과연 이 세상에 있었고, 지금도 있을까요?"

"몰라. 여긴 없지만, 어딘가 먼 만년 동굴 속엔 존재할 수도 있지 않을까."

"아니, 이 세상에도 있어요. 뭐, 나두…."

"내 죄악성 땜에… 미안해."

"이 세상에 살면서 죄 없는 사람이 어디 있겠어요, 응? 저 하얀 눈 속에도 오염물질이 섞여 있는걸. 그게 뭐 백설의 죄는 아니잖아요."

"그래도 아름답군. 자기가 옆에 있어서 그런 것 같아."

"…."

우리는 오래도록 눈 내리는 풍경을 함께 바라보았다.

"아, 언젠가 지옥 같은 형제복지원에도 백설이 펄펄 내려 지붕과 마당을 덮고, 수용자들의 마음도 조금쯤 덮어 주었을까."

솜희는 말없이 창 틈으로 새어든 눈바람에 흩날린 머리카락을 걷어 올렸다.

"자긴 왜… 생긴 모습과 달리 그런 무서운 이야길 쓰는 거예요? 남들처럼 재미있거나 감성적인 소설을 쓰면 좋을 텐데…."

"개소리만 아니었다면 아마 지금쯤 지하방에서 그러려고 애쓰고 있을지도 모르지."

"미안해요. 이젠 짖지 않으니 지금부터라도…."

"아냐, 꼭 그런 것만은…. 물론 나도 특이하거나 특별한 소재에 기대지 않고 문학 본연의 방법으로 인간 존재를 탐구하고 싶었지. 그런데 의외로 방향이 바뀌어 버렸어. 어느 날, 선감학원에 대한 소설화 의뢰가 왔을 때 난 그 낚시를 덥썩 물었지 뭐야. 진실을 탐색한다는 생각 외에… 베스트셀러 작가가 되고 싶은 꿈도 없지 않았지. 흐흐, 인세는 별로 못 받았지만… 선감도의 비극이 세상에 알려진 계기는 되었달까. 이것으로 땡! 하고 생각했지."

"응?"

"그런데 주인공의 후일담이 궁금하다는 독자들의 요

청이 있다면서 속편을 쓰라고 출판사 측에서 권하더군.
선인세 백만 원이라는 미끼를 앞에 두고 물까 말까 고
민하다가 지렁이의 달콤함을 못 이겨 결국 물고 말았어.
그 무렵 이따금 다니던 남산 도서관에서, 어린 소년 소
녀 북파 공작원들이 6·25 당시 활약했다는 자료를 보곤
긴가민가하던 참이었지. 그런데 그 순간부터 내 마음속
에 일종의 마약이 주입되지 않았는가 싶어."

"무슨 마약?"

"음, 글쎄… 사람 마음을 한 마디로 표현할 수 있다면
천재거나 도둑놈이겠지.(둘 다 훔치는 덴 도사니까.)… 흠,
마음속에 욕망이 섞여 들어 여러 갈래로 복잡했어."

"…."

"난 인기작가가 되고 싶었지만 개념놈들처럼 사탕발
림으로 하긴 싫었어. 다른 것과 마찬가지로 문학에도 유
행이 있겠으나 따르고 싶은 맘은 없었거든. 그래도 어쨌
건 특이한 소재에만 기대어 개발 쇠발 지랄치는 짓은
삼가고 싶었는데, 생명력이 오래 가지 않기 때문이야.
그런데 쓰다 보니 차츰 은근히 재미가 생기더군. 감춰진
진실을 밝혀내고 나아가 피해자들의 원한을 내 나름대

로 풀어 준다는 생각 때문이었을까. 헌데 출판사 사장이
방대한 철학사전과 세계철학사를 만드는 데 큰돈을 들
였다가 죽을 쑤는 바람에 땡전 한푼 받지 못한 채 소설
출간은 무기한 보류되고 말았어. 그런데도 난 세 번째
작품에 착수했지. 중국 시인 이태백인지 두보가 과거에
연거푸 낙방하고서도 절망하긴커녕 태산 꼭대기에 올라
서서, 인생의 진리와 진실을 온 세계에 펼치겠노라 외치
던 호연지기와는 좀 다르겠으되… 설령 돈을 벌지 못하
더라도 꼭 써야 한다는 작가의식이 발동하더군."

"어머나, 대체 어떤 거예요?"

"몽키하우스라고… 성병에 걸린 양공주들을 잡아 강
제 수용한 곳이었지."

"치료해 주려고?"

"그건 명목상의 간판일 뿐이었어. 사실은 미군에게 고
분고분하지 않은 여자들을 교육하고 체벌하는 수용소였
지. 컨택이라고 해서, 일단 미군이 지목하면 성병에 걸
리지 않았더라도 잡혀가는 거야."

"그녀들에겐 지옥 같았겠다. 그런데 왜 몽키하우스예
요?"

"세상의 자유가 그리워 감옥 창살에 매달린 채 절규하던 여자들이 원숭이 같다며 미군들이 붙인 이름이라더군."

"어머, 참 짓궂어. 장난삼아 그랬을까?"

"그랬으면 좋겠지. 하지만 몽키하우스에 수용된 수많은 여자들이 강압적이고 열악한 상황 속에서 죽임 당하거나 스스로 죽어갈 수밖에 없는 환경이었다니까… 결코 장난이 아니라 사람을 짐승 취급했다는 증거가 아니었을까?"

"응…."

"세월이 많이 흘렀지만… 아마 지금도 미국군뿐 아니라 미국 사람들도 한국인을 인간 같잖은 유치한 원숭이로 생각할지 몰라. 제정신을 빼놓은 채 모든 분야에서 오로지 미국만 모방하려 지랄치는 꼴이니 말야."

"…."

"모방을 해도 제대로 자기 형편에 맞게, 적어도 일본인들처럼 영리하게 하면 얼마나 좋아. 그러니 앙큼하나마 대접받잖아. 미국은 땅이 넓어 자동차가 많을 수밖에 없고, 집 구조가 달라 애완견을 실내에서 기른다지만…

요즘 한국인들은 자동차 지옥과 애견 지옥에서 산다고 할 수 있어. 미국이나 유럽처럼 법규를 엄중히 제정해 술 취한 듯한 광인과 광견들을 미리 방범해야 할 텐데 말야. 이 좁은 땅에서 얼마나 많은 사람들이 미치광이 같은 차에 치여 죽고 개놈들한테 물려 죽고 컹컹대는 소음으로 고통 받는지 몰라. 그걸 수리과학자가 한번 조사해 본다면 얼마나 많은 국가적 손해가 날지…. 만약 아메리카가 한반도처럼 좁았다면 미국인들은 자동차보다 자전거를 애용하고, 차량은 페스트 균을 보유한 쥐처럼 규제하고, 애견보다 이웃을 더 선호하겠지. 합리적인 그들은 정말 그럴 거야. 하핫, 그런데 한국인들은 남자고 여자고 죄다 그들의 양좆과 항문을 **빠**느라 정신이 **빠**져 더럽다거나 징그럽다는 생각 자체를 하질 못해. 미친美親 병에 걸렸으면서도 오히려 스스로 깨끗하고 건강하고 아름답다고 착각한다고나 할까. 일종의 정신병자겠지 뭐. 세상을 좀 안다며 자만하는, 즉 한국 사회에서 좀 잘난 척하는 년놈들일수록 일본과 미국인들의 성감대를 애완견처럼 잘 핥아 주면서 번영하지. 일반 국민들을 슬금 내려다보며 바보 멍청이라 비웃으면서…. 훗,

모방자의 비극, 나르시시즘과 자괴감이 뒤섞인 풍경이
랄까."

"난 어려워서 잘 모르겠어요. 다만… 너무 야한 말은
하지 마요."

"내가 언제 그랬어?"

"아까… 양고추니 회음부니…."

"난 그런 말 하지 않았는데…. 한국인들은 미국인들의
장점을 배우지 못하고, 그들 스스로 더러워 침뱉어 버린
가래와 피고름을 빨아 먹는 원숭이 같아."

"아무튼… 그러지 마요. 일부러 그런다는 건 알고 있
지만 너무 안 어울려. 왜 멋진 얼굴을 악마처럼 망측스
레 짓궂게 가장하곤 해요, 응?"

"…."

"이번 작품은 너무 심각하게 하지 말고 좀 재미있게
쓰세요. 요즘 신세대 독자들은 책 내용이 아니라 책 표
지에 비친 자기 이미지를 찾는다잖아요. 책을 사서 꼭
읽지 않아도 마음의 거울처럼 슬슬 넘겨 보며 마스코트
로 여기거든요."

"그거 좋군. 인터넷 서핑 하듯…. 그래야지 뭐. 난 예

전에 남의 책이 마음에 안 들면 갈기갈기 찢어 만신창이로 만들어 버렸으니까."

"심통쟁이… 혹시 자격지심이나 열등감 때문은 아니었나요?"

"뭐라구? 이 개년!…."

"봐요, 또 욕하잖아요. 그렇게나 원한이 깊으면 차라리 나를 잡아 죽여요!"

"조용히 입 다물어. 쓸데없는 소릴 종알대니까 그러지."

"미안해요. 하지만 함께 살면서 이런 이야기도 못하면…."

"자꾸 그럴수록 난 자길 사랑해 주고 싶단 말야. 이리 와 봐."

난 그녀를 끌어안곤 침대로 가서 뉘었다.

긴 머리카락을 쓰다듬으며 입술에 키스하자 그녀는 앙탈을 멈추곤 혀를 살짝 내밀었다. 그걸 빨다가 하얀 목에 입맞추며 하체를 어루만지자 벌써 신음을 흘렸다. 보랏빛 스웨터를 걷어 올리고 봉긋 솟은 유방을 어루만졌다. 처음 연분홍빛이었던 유두는 점점 색이 짙어지고 한쪽엔 살짝 검붉은 빛이 감돌았다. 그 위에 혀를 댔다가 쪽쪽 빨자 보드라운 몸이 저절로 꿈틀거렸다.

"아이, 간지러워…."

"그만둘까?"

"간지러움은 묘해요. 고통스럽지만 고통은 아니고, 즐거운 듯싶지만 고통도 섞여 있으니까요. 아아…."

내 손은 매끄러운 복부를 지나 도톰한 삼각주 숲으로 헤쳐 들기 전에 허벅지를 쓰다듬었다. 다리가 서서히 벌어지며 신음소리가 흘렀다. 혀가 나와서 내 귓속을 핥더니 곧 입술을 쪽쪽 빨아댔다. 이러다가 혹시 아랫입술을 꽉 깨물어 뜯어먹어 버리지 않을까 싶어 좀 두려웠다. 내 속에 잠재된 모종이 범죄 의식 때문일까? 언젠가 본 싸구려 영화 장면 중에서, 남자의 성기를 빨다가 반쯤 뜯어 삼켜 버리는 한 맺힌 여인의 피 묻은 입술이 떠올랐다.

솜희의 여성 특질 중 하나는, 침대 위에선 애증을 모두 잊고 무아지경에 빠져 소녀가 된다는 점이었다. 그 순진무구한 애욕은 어떤 성스러운 느낌을 자아낼 지경이었다. 지금은 남자로서 아까 낸 화가 내심 좀 남은 상태였으므로 그냥 하나의 여자로 막 정복하고 싶었다.

하지만 순간 거실 쪽에서 개가 왈왈 짖어댔다. 그동안 자의반 타의반으로 많이 순치돼 거의 짖지 않았는데 뭔 일일까? 솜희의 복부 밑 도톰한 삼각주를 만지려던 손을 멈춘 채 맘을 긴장시켰다. 약간 두렵기조차 했다. 혹시 누가… 실종된 괴여인이 돌아온 건 아닐까? 만일 경찰이라면….

하지만 이미 달뜬 솜희는 현실을 잊고 다른 천국으로 가려는 얼치기 선녀인 양 할딱이며 달라붙었다.

"빨아 줘요, 어서…."

속삭이며 내 머릴 안고 쓰다듬으면서 자기 젖꼭지에 밀착시키려 애썼다. 난 잠시 하얀 유방의 향기를 들이쉬며 분홍빛 유두를 바라보다간 못이겨 한번 빨곤 곧 애달픈 신음 소릴 막기 위해 입술을 그녀의 앵두 같은 입술에 밀착시켰다. 그리고 혀를 빨아 주면서 바깥의 동정에 귀를 기울였다.

아무 소리도 없었다. 개도 더 짖지 않았다. 아마 센 바람이 유리창을 흔드는 소리 때문이 아니었는가 싶었다.

난 현실화되었을지도 모를 상황을 추측하며 남 몰래

진저리쳤다.

솜희는 어느새 문득 내 기분을 눈치챘는지 애욕을 멈추고 말끄러미 쳐다보았다. 난 그녀의 머리카락을 쓰다듬었다.

"엄마 보고 싶지 않아?"

"보고 싶지만….."

"응?"

"보고 싶지 않기도 해."

"왜?"

"모르겠어요… 왠지….."

친엄마인지 계모인지 몰라서 그런 게 아닐까?

하지만 난 물어 보지 않았다. 애정을 나누며 키웠다면 설령 계모인들 어찌 그리움을 느끼지 않으랴. 또한 친엄마라더라도 자기 인생 스타일을 뻔뻔스레 강요했다면 오히려 머나먼 다른 세상으로 사라지길 은근히 바랐을 수도 있다.

요즘 사회에서 벌어지는 자식 부모 살해극을 보라. 그네들 가정의 안방 거울에 비친 비극상은 바로 우리의 초상화가 아닐까?

"미안해. 아무튼 나 때문에···."

난 다중적인 기분을 느끼며 중얼거렸다.

솜희는 대꾸 없이 내 머리카락을 쓰다듬었다. 난 서서히 눈이 감겨 명상 속으로 빠져들었다. 물론 신선 도사 수준은 아니지만 묘미가 있었다. 도통한 선사님이라면 허위라고 일갈하며 죽비를 내리칠지 모르되, 마치 백치인 양 선악에 대한 판단을 잠시 내려놓은 채 오색 구름 위의 가상 천당을 노니는 것이다. 길고 짧음, 더러움과 깨끗함, 내 못남과 너 잘남, 진실이라는 상표와 거짓 욕망들의 행진··· 그 모든 것들을 잊고 무념무상 상태에서 사이비 니르바나를 경험하며 가짜 현실을 내려다보는 맛이랄까.

사실 지하방에 살 땐 몰입이 훨씬 더 잘 됐었다. 느닷없이 짖어대는 개소리만 아니라면 내겐 일종의 작은 천국이었다. 악마의 소굴인 형제복지원에 대한 글도 한 발짝 한 발짝씩 써 나갔다.

그런데 지금은 왠지 교착 상태에 빠져 헤매는 기분이었다. 여체로 인해 정신이 흐물흐물해진 탓인지 몰랐다.

하지만 난 솜희의 부드러운 손길 아래서 시나브로 혼

몽스런 선잠 속을 떠돌다가 천 길 낭떠러지로 서서히 떨어져 내렸다. 솜희야 사랑해, 하고 중얼거리는 나 자신이 같잖은데도 후회는 없었다.

짧은 잠인지 긴 잠인지 몰랐다. 솜희가 내 머리카락을 매만지며 히히 웃자 문득 백발로 변하고 호호 웃자 흑발로 변했다. 언젠가 광화문 지하도에서 본 마술사가 떠오르기도 했다. 행인들 앞에서 각종 장난감 물건을 팔던 그는 내가 계속 지켜보자 그만 가라며 슬쩍 눈알을 부라렸다. 그 망막 위에 솜희가 나타나 춤추며 요염하게스리 웃었다.

히히 하면 백두로, 입술을 살짝 오무리면서 호호거리면 흑두로 변하는 건 바로 내 머리카락이었다. 히히 소리는 이제 계속 이어졌고 한번 하얗게 변색된 내 머리는 본래대로 돌아올 줄 몰랐다. 얼굴마저 쭈글쭈글해진 듯싶었다. 늙어빠진 나 자신이 서글퍼 인생 무상을 탄식하다가 단말마 같은 비명을 내지르던 중 잠에서 깨어났다. 내 두 손은 솜희를 붙잡으려고 헤매었으나 허공을 쥐며 떨 뿐이었다. 쓸쓸한 기분만 남았다.

솜희는 내 머리카락 대신 개의 하얀 머리털을 쓰다듬

고 있었다. 악몽의 뒤끝이라 그런지 의혹과 함께 질투심이 부글거렸다. 하지만 표내긴 싫어서 팔을 쭉 펴 기지개를 켜고 나서 하품까지 보탰다.

"너무 그리 귀여워해 주지 마. 또 옛 버릇이 나올지 모르니까 말야."

나도 모르게 이런 말을 하고 말았다.

"아니에요. 그냥 잠깐⋯."

순간 개놈이 차마 이빨을 드러내지 못한 채 목 속으로만 아르릉거렸다.

"그것 봐. 또 지랄치잖아."

"조금쯤은 귀엽기도 하잖아요. 가엾기도 하구⋯."

"그만둬! 사람이 민물의 영장이란 건 거짓말이라 치더래두⋯ 개가 인간의 얼굴 표정을 배우거나 훔쳐⋯ 자기네 조상인 늑대를 보면 미개 무식하다며 비웃는 건 사실이 아닐까 싶어. 개놈들! 늑대가 자기네 보고 매족노, 매국노, 비겁자, 정신빠진 살덩어리, 미친 피에로라며 경멸한다는 사실을 아는지 모르는지⋯. 놈들은 인간의 앞잡이가 돼 동족 사냥에 핏대를 세우기도 하거든. 그러고는 인간이 던져 주는 선조 동족의 뼈다귀를 핥으며 자기 만족에 빠져 쩝쩝거린단 말야."

"나를 바보 취급하느니 차라리 침을 뱉으세요. 그럼 핥아 먹을게요."

"뭐?"

"한국의 어떤 사람들을 개 같은 짐승에 비유한 거잖아요. 그 속에 나를 포함시킨 듯해서…."

"무슨 소리야. 그냥 사실을 말했을 뿐인걸."

"사실보다는 뉘앙스가 더 섬짓해요."

"쳇, 나 참…."

"그렇게 혀를 차는 건 내가 하찮다는 속마음을 은근 슬쩍 표현하는 거잖아요. 당신의 진실은… 마치 비닐 봉지 속에 싸여 있는 것 같아 잘 느낄 수가 없어요."

"그럼 찢어!"

"그래봤자 뭐해요. 맘속이 두 쪽인걸…. 여름철 선풍기가 시원해도 얼음과 다르고, 겨울 에어컨 난풍은 장작불과 다른걸 뭐."

"나 참… 심플한 성격인 줄 알았더니 꽤나 꾀까다롭군."

"호홋, 다 자기 때문이야. 얼음 같았다가 화롯불 같았

다가, 변덕스레 바뀌는 사람과의 사랑이 날 이상한 여자
로 만들어요."

"쳇!"

"두고 봐요. 앞으로 또 어찌 바뀌는지… 난 당신의 거
울이 될 거예요."

"흥, 무섭군."

"염려 마요. 호홋, 자기가 신선처럼 행동한다면 나두
요조 선녀인 양 굴 테니까."

"무슨 뚱딴지 같은 소리야. 사람답게 살기도 힘든 세
상인걸."

"또 세상 탓이야. 먼저 마음부터 신선처럼 변해 봐요.
그럼 잘 내조해 드릴 테니…."

"마누라쟁이 같은 소리 그만 하고 타이핑이나 잘 하
고 있어."

난 외투를 걸치곤 현관 쪽으로 걸었다.

"땅거미가 내리는데 어딜 가려구?"

"여의도에."

"거긴 왜? 국회의원님들한테 막 욕하려구요?"

"아냐. 내 입만 더러워져."

"그럼 나두 함께 갈래요. 한강 구경도 하고 바람도 쐬구…."

"낭만 여행은 다음에 하자구. 지금은 형제원 피해자들 단식하는 데 가는 거야."

"거긴 내가 가면 안 돼?"

"인사치레하러 가는 게 아니라 취재차 가는 거란 말야."

"그래도 한번 가 보고 싶어. 어떤 사람들일지 궁금해."

"오지랖 넓히지 마. 거긴 지금 아마 남자들뿐일 거야. 자연스런 분위기 속에서 그들의 얘길 들어 봐야 해. 나 혼자 가더라도 어떨지 모르는데 괜히 여자가 생뚱스레 끼면 어색해져. 그냥 좋아하는 멜로 영화나 보고 있어."

"싫어요. 구석쪽에 앉아 조용히 듣기만 하겠어요. 혹시 언짢은 눈치가 보이면 나와서 홀로 달 구경이나 할래."

"말괄량이 요정처럼 까불지 마. 그들은 지금 목숨 걸고 절실히 생존투쟁 중이란 말야."

"알겠어요. 그러니 오히려 자기 따라 내가 가야 해요."

"뭐라구, 왜?"

"음… 남자들끼리 술이라도 한 잔 나눠 마시면 얘기가

풀릴 수도 있겠지만 그런 상황이 아니잖아요. 더구나 자긴 말주변도 별로 없고…. 나 같은 순수한 요정, 하늘에서 귀양 와 당신에게 사로잡혀 유폐된 불쌍한 선녀가 간다면… 아마 그분들의 구슬픈 마음도 조금쯤 열릴지 몰라요."

"제발 좀 웃기지 마. 언젠가, 날 보기 전엔 지옥 속에 유폐된 듯했다더니…."

"그래요. 자기 잘났어요. 어쨌든 갇혀 있는 건 마찬가지니까 오늘 밤엔 나가서 바람이나 좀 쐬자구요."

"홍, 선년지 악년지 두고 보자구."

난 중얼거리며 신발을 꿰차곤 밖으로 나섰다. 솜희는 철장을 벗어나는 새처럼 지저귀며 따라왔다.

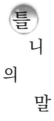

틀

니

의

말

지하철은 지상으로 뛰어올라 한강 철교를 달리고 있
었다.

창문 밖 저 멀리 푸르무레한 강물이 소리 없이 흘렀
다. 많이 정화됐다곤 해도 아직 제 빛을 되찾지 못한 듯
싶었다. 안타까운 노릇이 아닐 수 없었다.

왜 혈맥이자 젖줄 같은 저 강을 머저리들처럼 더럽히
고 폄훼하는가? 황하와 양쯔 강이 유장하다느니 세느

강이 아름답다느니 입바른 소릴 나불대면서 왜 한국인들은 자기네 강을 스스로 오염시킬까?

아냐, 한국인들이 더럽히는 게 아냐. 저 강을 자기네의 욕망으로 파괴해 온 건… 정신이 오염된 정치꾼과 경제 사업가 그리고 그들을 추종하는 이기적인 족속들이지, 대한민국의 일반적인 국민이 아니야. 음, 하지만… 강을 아름답게 가꾸진 못할망정, 살해하듯 칼춤 춘 망나니들을 좌시한 과오는 강물 따라 흐르겠지.

그 자들이 내세우는 한강의 기적이란 말을 저 강은 과연 어떤 심정으로 듣고 있으려나…. 모르긴 몰라도, 서울뿐 아니라 한민족의 엄마 같은 한강은 잘난 자식이든 못난 자식이든 차별 없이 두루 잘살길 바라겠지…. 하지만 모정을 능욕한 패륜아들은 형제자매들을 저 강 속에 빠뜨려 죽이곤 제 혼자 천국의 행복을 거머쥐려 발버둥이지. 죄는 무엇이고 악은 대체 무엇일까? 오랜 세월 동안 저 강물은 묵묵히 흐르며 얼마나 많은 자들의 악업을 대신 삼켰을까….

한강의 기적이라 칭송하지만… 아, 대체 얼마나 많은 일반 국민들이 선진 부국 건설이란 미명 아래 저 희뿌연 강물 속에 수장되었을까. 육신도 그러려니와 영혼 또한 더 그러하리라.

강은 슬픈 한국인들의 꿈뿐만 아니라 원한마저 품고 흐르는지 모른다.

사실 내가 밤 마실을 가는 건 꼭 형제복지원 문제 때문만은 아니었다. 이 땅에 존재했던 무수한 강제수용소들이 자행한 인간 말살의 본질적 실상을 캐내어 보고 싶었다.

인간뿐 아니라 세상의 모든 존재는 저마다 독특하련만, 일당 독재 사회와 그 속 수용소는 반대 방향을 지향한다. 하늘이 내려 준 권리마저 사취해 자기네의 불쏘시개로 활용한다. 인간에 의한 인간의 사용….

난 솜희의 하얀 귀에 대고 속삭였다.

"오래 된 전설을 하나 얘기해 줄까?"

"응, 아이 간지러워…."

"가만 있어 봐."

"그래두 간지러운걸."

난 그녀의 귓불을 살짝 깨물고 나서 얘길 꺼냈다.

"옛날 옛적 1961년, 쿠데타를 일으켜 정권을 잡은 박정희 대통령은 '사회명랑화 사업'이라는 이름을 내걸고 전국을 떠도는 노숙자와 부랑아, 전과자, 윤락 여성 등을 잡아들였어. 범죄를 저지를 가능성이 있다고 판단되는 자들을 반강제적으로 순화시켜 사회를 맑고 밝게 한다는 것이었지…. 군사정권은 이들을 충남 서산군 모월리의 폐허에 집단 이주시켰어. 앞바다 일대의 갯벌과 폐염전을 메워 농사 지을 땅을 넓혀서 이들을 정착시킨다는 계획이었대. 이 대규모 간척사업에는 '대한 청소년 개척단'이란 그럴싸한 이름이 붙었어."

"응…."

"그 개척단의 사업자로 선정된 것은 서울에서 자동차 조립공장과 대한청소년 기술보도회를 운영하고 있던 민정식이란 사람이었어. 그는 공장을 경영하는 한편으로 정비공장에 청소년들을 고용하기도 했지. 그러다가 청소년 개척단을 운영하게 되면서 많은 돈이 들어오자 그는 자기 마음대로 떼먹기 시작했대…. 그는 자기가 박정희 대통령의 동서라고 거들먹거렸으며, 정부로부터 미국산 잉여농산물을 지원받을 명분으로 청소년 개척단을 이용했어. 그렇게 지원받은 농산물을 열차로 수송하다가 경유지인 홍성역에서 슬쩍 내려 민간업자들에게 팔아먹었대. 경찰들을 밀실에 불러 놓고 가방에서 돈을 꺼내 건네면 경찰이 모른 척 그 돈을 받기에 바빴다지. 당시 민정식은 박정희 대통령의 밀사 취급을 받았어."

"어머, 형제복지원 박인근 원장 꼴이네."

"그리고 형제복지원과 비슷한 수법으로… 길 잃은 아이를 유괴하거나 통행금지 어겼다고 멀쩡한 청소년들까지 끌고 갔어. 흠, 여자들의 경우는 '좋은 공장이 있는데 거기 가면 돈을 지금보다 두 배는 더 벌 수 있다'는 식으로 사기를 쳤다더군."

"어쩜…."

"외할머니 댁에 가려고 혼자 기차를 탔던 아홉 살짜리 어린이가 끌려올 정도로 민정식은 닥치는 대로 사람들을 끌어 모았대. 이후 개척단은 남녀를 합쳐 2천여 명으로 불어날 만큼 규모가 커졌어. 15세 이하의 어린 소년 소녀도 2백여 명이나 수용되었대."

"나라에서…."

"캠프도 부실하기 짝이 없어서 얼기설기 세운 천막에 수백 명이 콩나물처럼 늘어져 자는데, 비가 오기라도 하면 낡은 천막 새로 빗물이 마구 튀었대. 수용자들 중 1

백여 명이 추위와 배고픔을 이기지 못하고 죽었지만 수용자 수는 급속도로 불어났어. 매일 사회에서 방황하는 이들을 실어 왔기 때문이지. 도주하지 못하도록 밤에는 서치라이트까지 이용해 감시할 정도로 분위기는 살벌했으니 자유는 없었어. 말 그대로 창살 없는 감옥과도 같았다지."

"…."

"수용자들은 새벽 5시에 눈을 뜨면 점호를 하고 구보한 뒤 곧바로 강제노역에 동원되었어. 군용 작업복을 입은 채 철저히 군대처럼 움직이며 돌을 날라 바다를 메우는 반복노동…. 당시는 중장비가 드물던 시절이라 수용자들은 인근 야산에서 손으로 채굴한 석재를 일일이 바닷가로 날라 방조제를 축조해야 했지. 그런데도 식사는 부실하기 짝이 없어서 보리밥 한 그릇에 반찬이라곤 짠지와 소금국이 전부였어. 그러다 보니 먹을 것이라면 혈안이 되었는데, 원래 소에게 줄 콩 사료를 빼돌려 단원들이 먹다 보니 소가 굶는 웃지 못할 광경이 벌어지곤 했대…. 만일 할당된 작업량을 채우지 못하면 발가벗겨 놓고 때리며 한겨울에 찬물을 끼얹기까지 했어. 그

인간 재생공장이 싫어 탈출하다 붙잡힐 경우에는 샌드
백 속에 집어넣은 뒤 죽을 때까지 무차별 폭행을 가했
다더군."

"가엾어…."

숌희는 슬픈 표정을 지었다.

"언젠가 대한 청소년 개척단 광장에서 2백여 쌍의 합
동결혼식이 있었대. 이른바 '불량 청년들과 윤락녀였던
사람들의 결혼식'이라고… 결혼식이라 해봤자 사실상
보여 주기 위한 요식행위였지. 운동장에다가 남자 수용
자와 여자 수용자들을 쭉 늘어세운 뒤, 여자들에게 가서
아무나 파트너를 찍으라 하고 강제로 그 짝과 결혼시키
는 식…. 만약 그게 싫다고 하면 거부하지 못하도록 공
포 분위기를 조성한 뒤 심지어 싫다고 우는 여자도 강
제로 짝지었다니… 그들은 배우자를 선택할 자유조차
박탈돼 버린 일종의 동물들로 취급당한 셈이지. 더 가관
인 건 강제로 짝지어진 사람 중 절반 가까이는 이미 배
우자가 있는 채로 끌려온 사람들이었대. 무슨 억지 춘향
식 사회적 실험도 아니고…."

"여의도역이래요."

솜희가 내 새끼손가락을 간질이다가 잡은 채 일어섰다.

지하철에서 내려 지상으로 올라갔다.

어스름이 점차 짙어지고 지상의 불빛이 가짜 별인 양 반짝거리기 시작했다. 여의도 광장 시멘트 바닥엔 깨진 유리별 조각이 나뒹구는 듯싶었고, 거창스런 돔형 지붕의 국회의사당은 시대의 중요한 문제를 잊은 채 몽상에 빠져 희희덕거리는 게 아닌지 의문스러웠다.

형제복지원 피해자들은 예상보다 훨씬 열악한 상황에서 단식 투쟁을 이어가고 있었다.

차가운 겨울 바람이 윙윙 불어대며 낡아빠진 비닐 천막을 뒤흔들었다. 1년 전에 비해 훨씬 더 을씨년스런 모습이었다.

저 겉으로만 웅장스러워 보이는, 실상은 도깨비집 같은 국회는… 왜 이미 다 알려진 사실과 피해자들의 증언을 모아 진상을 밝히고 긴급 법규를 만들어 마귀들로부터 당한 영혼의 상처를 치유해 주지 못하는가? 민주시대라 해도 저 복마전 속의 선량님들은 시민을 이용해 먹기만 할 뿐 결코 자기네와 같은 인간으로 여기진 않는 성싶었다.

너덜너덜한 비닐 문을 열고 겨우 천막 안으로 기어 들어갔다. 퀴퀴한 냄새가 코를 찔렀다.

그곳엔 세 명의 남자와 한 여자가 웅크려 앉아 있었다. 붉은 담요 한 장으로 다리를 함께 덮은 채 숨을 나누었다. 목숨. 말하거나 숨쉴 때마다 허연 입김이 풀풀 흘러 나왔다.

안면이 있는 사람은 서글픈 미소를 지으며 담요를 끌어 덮어 주기도 했지만, 낯선 얼굴들은 경계하거나 적의가 깃든 불쾌한 기색을 슬쩍 띠기도 했다.

으스산한 분위기를 깨고 붉은 빵모자를 푹 눌러 쓴 여자가 말했다.

"여기 오빠들이 무뚝뚝해도 원체루 세상살이에 시달려 그렇지 본래는 정 많은 사람들예요. 너무 쫄지 말구 우선 담요 속에 발을 넣으세요. 그러면 맘도 좀 풀릴 거예요."

"예, 고맙습니다."

"에휴, 내가 만약 소설가라면… 그 지옥 형제복지원에 대해 만리장성 같은 회한을 풀어 볼 텐데…."

"지금부터라도 한번 시작해 보세요. 천리 길도 한 걸음부터라잖아요."

"그래요, 그러고 싶어요⋯ 하지만 나 자신에게조차 내 삶의 고통을 뱉어내지 못하겠더라구요. 마치 검은 물 속에 머리부터 거꾸로 잠겨 버린 듯⋯."

"이해해요. 한 낱말, 한 문장이라도 우선 써 보시죠 뭐."

"후후, 그것마저 힘들던걸요. 아!⋯ 세상의 풍파가 매 몰차다 한들, 젊은 시절을 형제원 같은 곳이 아닌 보통 땅 위에서 산 사람들은, 자기소개서를 쓸 때 얼마나 흐 뭇할까요. 그리구 이미 성공해서 유명해진 분들은, 인생을 뒤돌아보며 자서전을 한 줄 한 줄 적어 나갈 때 너무 행복할 것만 같아요."

"꼭 그렇지만은 않은 것 같더라구요. 진실을 고백하는 건 동서고금 어느 시대에나 어려운 일이니까요. 유명인이 든 무명인이든 자기 가슴속의 과오를 토로하는 건 무척 두려울 듯싶어요. 자기뿐만 아니라 가까운 사람들에게도 피해를 줄 수 있으니까요. 우선 용기가 필요하겠지만, 아 마 누구든 자기 그릇만큼만 고백이 가능하지 않을까요?"

"음, 그래도 유명한 분들은 자기 과거의 오점을 일반 인들에게 팔아먹기도 하잖아요."

"거울 보고 자기 결점을 속삭이기도 힘든데, 타인에게

비밀을 밝히는 건 도박성이 섞이긴 했겠죠. 유명한 분들의 경우, 현실과 사실과 진실만 얘기하기보다 살짝 달콤한 허구와 몽상의 마약을 섞어 대중의 관심을 끄는 방법도 없잖았겠지만… 큰 그릇답게 큰 진실을 고백하는 건 역시 대단해요. 개인의 과오를 넘어 인류사에 영향을 끼치기도 하니까요."

"대체 뭐가 더 궁금해서 그러시우? 우리에 대한 건 이미 많이 알려졌건만…."

눈썹 위에 검은 점이 돋은 남자가 누런 이빨을 내보이며 말했다.

"뭔가 세상에 전달하고 싶은 게 있어서… 국회의원들이 무시하는데도 오랜 동안 여기 웅크린 채 단식하는 게 아닌가요? 물론 피해자들을 위한 특별법 제정이 일차적인 목적이겠으나, 저변의 잠재의식 속엔 인간답게 대접받고 싶다는 소망이 깃들어 있지 않을까요?"

"허흐 참… 그 지옥을 직접 한번 겪어 봤더라면 잔말두말 필요없이 단말마의 실상을 알련만…."

"그렇겠지요. 저도 사실 오늘 뭐 특별한 얘기를 들어보려는 꿍심으로 여기 온 건 아닙니다. 그저 지금 이 순간 어떤 상황인지 한번 보고 느껴서 저 자신 중심을 잡고 싶었던 것이랄까요."

"우리도 중심이 필요한데 지금 현실은 마치 센 바람 앞의 허새비 꼴이에요."

빵모자 쓴 여자가 중얼거렸다. 얼굴을 살짝 돌리는 순간 하얀 이마 옆쪽에 불그스름한 흉터가 보였다. 머리 위쪽으로 더 심한 상처가 숨어 있지 않을까 싶었다. 붉은 빵모자에 가려….

난 그만 밖으로 나가 버리려고 반쯤 일어섰다. 그런데 그때 솜희가 비닐 문을 톡톡 두드리더니 족제비처럼 기어들었다.

사람들은 의아스러워했으나 거부감 혹은 적대심은 그닥 없어 보였다. 가져온 작은 박스에서 비타민 강화 드링크 류를 꺼내 하나씩 건네자 친숙한 표정으로 웃음을 터뜨리기도 했다.

"단식중이라 해서 이것뿐이에요. 혹시 단식이 빨리 끝나면 이건 그때 드세요."

솜희는 발그레한 얼굴로 말하며 외투 주머니에서 군밤 봉지를 꺼내 놓았다.

아무도 말이 없었다. 손가락이 하나 없는 사내가 그걸 집어 향기를 맡으며 중얼거렸다.

"호호, 죽은 분들이 제사상에서 흠향하는 기분이구먼. 하지만 그럴 수도 없는 게 지옥 중생의 신세지."

"아이 참, 그냥 뚜껑 따서 꿀꺽꿀꺽 드세요. 단식엔 물도 못 먹는대요?"

"호홋, 우리도 산 목숨이라 물은 마시고 있죠. 그런데 얼마 전 어떤 기자가 취재한답시고 와선, 우리가 현재 처한 삭막한 상황보다… 정말 비스킷 한 쪼가리도 먹지 않느냐고 꼬치꼬치 캐묻더라고요. 꼴통 보수로 잘 알려진 신문사 놈이었는데, '진실을 밝힌다면서 거짓말을 하면 안 된다'라고 충고까지 지껄이던걸. 정말 입에 머금은 물을 낯짝에 뿜어 버리고 싶더구먼. 호홋…."

"그 기자는 아마 단식의 본질을 모르는 사람일 거예요. 인생의 본질도 자기 자신의 본질도 잘 모르지 않을까 싶네요. 제 생각에… 단식의 본질은 비스킷 한 조각을 먹느냐 안 먹느냐 하는 문제보다… 정신과 마음 속에서 거짓 식욕을 몰아내고 참을 되찾는 게 아닐지요?"

솜희가 흰 이마에 주름살을 잔뜩 모은 채 종알거렸다.

내가 쓴 원고에 나오는 말 같았다.

"후훗, 세상 쓴맛을 아직 맛보지 않았을 텐데, 이쁘장한 아가씨가 기특한 얘길 하네."

"아녜요, 전 사실 무서운 세상을 많이 경험했어요. 지금도 반쯤 감금돼 있는 상태인걸요."

난 제물에 깜짝 놀라 솜희를 슬쩍 노려보았다. 그녀는 옆얼굴만 보인 채 시치미를 뗐다.

"어머, 정말요? 대체 어떤 사연인지 궁금해."

빵모자를 벗어 버린 여자가 말했다. 붉은 상처 자국이 옆머리를 거쳐 정수리까지 굴곡져 뻗어 있었다.

"저사람 때문이죠 뭐."

솜희는 입을 뽀로통 내밀며 나를 지목하곤 부드러운 손길로 중년 여자의 붉은 상처를 어루만졌다.

"음, 사랑의 감옥을 말하는구나. 흥, 나도 한번 갇혀 보고 싶어. 호훗…."

솜희는 그녀의 머리칼을 쓰다듬으며 말없이 미소 지었다.

어느 결인지 분위기가 사뭇 달라졌다.

반지하 골방보다 더 삭막한 아스팔트 위의 비닐 천막

속에서 아기자기 얘기꽃이 피어났다. 솜희가 궁금한 점
을 물어 보면, 그들은 마치 어린 누이에게 가르쳐 주듯
자세히 설명했다.

어눌한 목소리엔 오래 묵은 핏덩이가 섞인 듯도 했다.
그 속에서 무엇이 과장됐는지 또 얼마나 왜 축소되는지
살펴봐야 하는 게 내 임무가 아닐까?

하지만 그들의 말 속에 설령 허풍이 좀 섞였을지언정,
저 백분 가루로 짙게 화장한 듯한 거창스런 국회의사당
보다는 더 진실해 보였다. 미국 국회를 모방했지만 훨씬
천박스럽고 속이 빈 사이비 같은 건물. 더구나 그 속에서
주인 행세나 하며, 어떻게든 조선시대 양반의 권세는 챙
겨먹고 선비의 책무는 방기해 버리려는 놈들의 소굴….

물론 국민의 세금으로 지은 의사당을 폄훼해서는 안
되지만, 인간 아닌 악머구리들이 우글거리는 곳보다는
낡은 비닐 천막 속이 더 다정스럽게 느껴졌다.

내리던 눈이 진눈깨비로 변해 휘날리다가 툭툭 부딪
쳐 눈물방울처럼 흘러내리는 비닐 막 속에서 난 묵묵히
그들의 얘기를 들었다.

원생 장사

의식주는 세상 어느 곳에서나 생활의 기본 조건이다. 그 중에서도 특히 음식은 생명과 직결된다.

형제복지(지옥)원에서는 모든 게 열악했지만 먹을거리는 최악이었다. 꽁보리밥에 멀건 된장국, 반쯤 썩은 배춧잎이 둥둥 뜬 짜디짠 소금국은 여느 지역 수용소에서나 나오는 단골 메뉴이다.

형제복지원에서는 좀 더 심했던 모양이다. 찬물에 된

장을 푼 멀국을 배식하기도 했고, 때론 밥 없이 생감자와 소금만, 혹은 곰팡이가 핀 식빵과 고추장만 내놓기도 했다. 그것도 양이 너무 적어 원생들은 지네와 바퀴벌레 따윌 잡아먹기도 했다. 만일 쥐를 한 마리 잡으면 고급 식당에서 특별히 포식하는 기분이었다고 한다. 아직 눈도 안 뜬 발간 생쥐 새끼를 꺼내 보양식이라며 한입에 꿀꺽 삼키는 사람도 있었다.

하루 종일 뼈빠지게 노동한 수용자들은 허겁지겁 먹었지만, 간혹 이물질이 목에 걸리거나 위장병으로 인해 토악질을 하는 사람도 있었다. 그런 약체 혹은 불순분자(체제 부적응자라고나 할까)들은 점찍어 두었다가 나중에 여러 가지 수단 방법으로 괴롭히고 죽여 뒷산에 몰래 파묻어 버렸다.

단식은 사실 그 시절에 비하면 별것 아니었다. 조장이나 소대장에게 잘못 보이면 작은 실수도 침소봉대해 죽을 만큼 두드려 패곤 꽁보리밥조차 아예 주지 않았다. 하루 종일 물 한 방울 못 마신 채 지옥 속을 허덕였다니까. 삶으로 통하는 길은 보이지 않고 온통 사망으로 가는 철가시 비탈길뿐이었다. 그래서 탈출을 감행해 보지만 돌아오는 건 참혹한 폭행과 벌방 속에서의 굶주림과 쥐새끼 같은 죽음이었다.

손가락과 발가락을 펜치 같은 도구로 부러뜨려 버리는 건 약과였다. 한겨울에 물이 가득 찬 드럼통 속에 집어넣곤 꾹꾹 누르기도 했다. 일명 생쥐 죽이기였다.

국민 세금을 그곳에 퍼부어 지원하면서 국가는 왜 상황을 감시하지 않았을까?

그때나 지금이나 담당 공무원의 대꾸는 비슷하단다. 해당 부서에서 꾸준히 관리하고 있는데 별 문제는 없으며, 미래 지향적으로 발전해 나갈 것이다. 더구나 대통령 표창까지 받은 원장이 운영하기 때문에 신뢰할 수 있고, 사소한 문제점은 차츰 더 좋게 개선되리라 본다 운운….

특히 그 당시는 박정희 전두환의 무시무시한 군사정권 독재시대였기에, 설령 옳은 언행일지언정 목숨을 걸고 시도하는 판이었는데, 부산시장도 아닌 일개 구청 담당자가 무슨 수로 그 복마전의 참혹상을 까발리겠는가.

박인근 원장은 높다란 담벽 속의 아방궁에 숨어 자기 나름의 거창스런 욕망 왕국을 꿈꾸며 자선사업가로 행세했건만… 굶주린 원생들의 노동을 강제 착취하고 어린 소녀들을 성 노리개로 부려 먹으며 마치 왕처럼….

1986년 겨울, 형제복지원의 지옥 같은 실상이 밝혀지기 시작한 건 목숨 걸고 탈출을 감행한 30여 명의 원생들로 인해서였다.

박인근 원장의 비밀 별장을 짓기 위해 2백여 명의 원생이 산기슭에 동원되었는데, 작업 도중 한 명이 지쳐 쓰러지자 게으름 피운다며 감시대원들이 달려들어 몽둥이로 마구 때려 죽여 버린 것이다.

증오심과 공포감을 감춘 몇몇 원생들은 시체를 매장 처리한다는 명목으로 소롯길을 헤쳐 오르다가 삶을 향해 내달렸다. 스스로 도모하진 못할지언정 자유를 꿈꾸었던 자들도 동료의 용기에 힘입어 따라붙었다.

하지만 경비대와 경비견의 이빨에 물려 대부분 처참히 죽거나 반병신 꼴이 되었다.

겨우 탈출에 성공한 단 한 명이 우연히 강가에서 낚시하던 어떤 검사를 만나 우여곡절 어렵사리 털어놓음으로써 비로소 수사가 시작됐던 것이다.

하지만 진실을 향한 길은 돌벽과 가시밭 험로였다.

하긴 민주 법치 사회라는 요즘도 강압과 부조리가 판을 치는데, 군부 독재가 철권을 휘두르던 당시엔 어떠했겠는가. 온갖 외압과 내압에 이어 살해 협박 전화까지 걸려왔다. 하지만 어릴 때부터 부모님으로부터 '목숨은 짧되 의로움은 영원'하다는 가르침을 받고 자란 검사는 사생결단한 후 한 발짝 한 발짝 고군분투 그 지옥 속으로 걸어 들어간다. 정문과 후문뿐 아니라 모든 건물들의 출입문에 견고한 자물쇠가 걸려 있는 마계魔界 소왕국으로….

강제 수용된 5세~80여 세의 원생들은 신흥 사이비 군대식으로 편성돼 인간성과 자유를 박탈당했다.

원장 아래 대대장, 중대장, 소대장, 분대장, 조장, 경비 부대원 등 층층시하 맨 밑바닥에서 일반 원생들은 땡전 한푼 받지 못한 채 굶주리며 매일 15시간 이상 노동에 시달렸다.

그들은 비렁뱅이보다 못한 신세였다. 거리를 떠돌 땐 그나마 자유라도 있었건만 이젠 철장 속에 감금된 짐승 취급을 받았다. 기합 및 폭행이 수시로 벌어졌으며, 특히 속칭 인민재판 후 징벌소대인 일명 아오지 탄광으로 끌려가면 그 도수가 살인적일 만큼 높아졌다. 의식주는 최악으로 변하고, 입에 모래나 벽돌을 넣은 주머니를 문 채 등짐까지 져서 날랐다.

작업장에서 죽은 원생들은 대부분 폭행과 굶주림 때문이라는 정황이 나왔는데, 복지원 소속 의사는 사망진단서에 뇌졸중, 폐결핵, 신부전증 등으로 허위기재한 사실이 밝혀졌다. 또한 정신질환자의 경우 정규 의사의 진단과 경찰의 입회 아래 수용케 돼 있으나 90% 이상이 변칙 감금된 일반인(박 원장에게 낙인 찍힌 반동분자, 노동력 없는 노인과 불구자들)으로 드러났으며, 정신병동에 갇힌 정상인들에게 하루 세 번씩 지나친 약물을 투입해 모두 중독에 빠진 상태였다.

그 중엔 북괴 간첩이라는 혐의를 쓴 채 독방에 처박힌 반독재 민주투사도 있었다.

박인근 원장은 형제복지원 사업을 '세상을 맑게 만들고 국가에 충성하는 사명'이라고 강변했지만, 실상은 원생 한 명당 얼마씩 계산돼 지급되는 돈 때문이었다. 원생을 이리저리 빼돌리거나 빌려와서 보조금을 타 먹는 이른바 '원생장사'의 빼꼼이 도사 짓…. 사실 요즘 민주 사회의 병원과 요양소에서도 수많은 지능범 사기꾼들이 법의 사각지대를 찾아 온갖 술수를 부려서는 국민 세금을 훔쳐 먹으며 히득거리고 있다. 박인근 원장의 아들이 국영방송 카메라 앞에서 "우리 아버지는 죄가 없다! 국가도 귀찮아서 못하는 일을 수탁받아 희생정신으로 악전고투해 짐승 버러지들의 천국을 건설한 공로로 대통령 각하의 표창까지 받았는데 무슨 해괴한 개소리야! 이만큼 해맑은 사회가 된 건 대체 누구 덕분이지, 응?" 라고 큰소리칠 수 있었던 것도 그런 배포가 아니었을까? 또한 형제복지원이 돈벌이를 위해 아동을 해외로 입양 보낸 사실이 확인됐다. AP통신에 따르면, 한국인 아동 해외 입양 기록을 종합한 결과 형제복지원이 1979~86년 동안 20여 명의 아동을 외국으로 입양 보냈다는 증거가 드러났으며 또 당시 50명 이상을 해외에 입양 보낸 것으로 판단되는 간접 증거도 나왔다.

여자 소대 옆엔 영유아 소대가 있었다. 그 애들은 대부분 강간의 결과물이었다. 성폭행을 당한 여자가 임신하면 중절시키지 않고 낳게 했는데 그건 어린애를 빌미로 삼아

국가 지원금을 이중삼중 타먹을 수 있기 때문이었다. *

일명 '통띠'라고도 불린 성폭행은 소년 소녀를 가리지 않고 무수히 자행되었다.

동서고금을 통해 강제수용소에서는 그런 짓이 늘상 벌어졌는데, 소장이나 원장 등 최고 권력자들이 장려 혹은 묵인했기 때문이었다. 꼭 본인이 나서지 않더라도 간신 같은 수하들이 가장 예쁘장한 소녀 애를 뽑아 갖다 바쳤다. 그래야만 자기들도 원생들의 영육을 맘껏 유린할 수 있을 테니까. 권력자 자신이 직접 나서서 취향대로 어린 희생양을 골라 자애로운 부모인 척 무소불위의 하느님인 척 행세하며 슬슬 야욕을 채우는 경우도 많았다.

법의 사각지대⋯ 전국 각지의 복지원에 그런 야만의 도가니가 숨어 있었다.

박인근 원장은 과연 어떤 타입이었을까?

한국 땅에서 가장 크고 악랄했던 형제원인데 그건 여

---

* AP는 전문가 의견을 인용해 "당시 형제복지원장이 불법 노역시키던 입소자 명수대로 국가 지원을 받고 있었던 만큼 그 이상의 수익이 없다면 해외 입양을 보낼 이유가 없다"라고 전했다.
한편 형제복지 수용자였던 김상하 씨는 "갓 태어난 아기부터 5살 정도까지 아이 80여 명이 있었고, 어느 날 20여 명이 사라지는 일이 반복됐다"라고 증언했다.

전히 미스터리였다. 기존의 언론 보도나 피해 체험 수기에서도 그런 언급은 없었다.

혹시 성불구자였던가? 그렇진 않은 듯싶다. 자기를 닮은 자식들을 낳아 비슷하게 키웠으니까. 그럼 부산의 환락가인 남포동 등지의 요정에서 욕망을 풀었을지언정 자신이 건설한 성스런 메카인 복지원에선 금욕을 실천했던 걸까?

이런 의문에 대해 수용소 체험자들은 입을 열어 말하는 대신 찡그린 표정과 쓸쓸한 비웃음을 지을 뿐이었다.

왜 그런가? 다시 조심스레 물어 보았으나 침묵으로 그 의미를 더욱 심화시켰다.

대체 왤까? 무명작가인 나에 대한 불신감인지 모른다.(요즘 무명 예술인들은 모두 엉터리 멍청이 사기꾼 마술사로 타락해 간다고 오해받는 실정이다. 분명 그런 면도 있지만, 실제로는 무명보다 유명한 인기작가들이 더 문제다. 그분들은 오직 자기 일신의 영광을 위해 문학 예술판을⋯ 제트림과 방귀 냄새로 마치 향내인 양 위조해 오염시키는 것이다. 어쨌든 많이 팔리기만 하면 악마의 대필자도 명사^{名士}로 변해 신용장을 받는 세상이니까 뭐.)

아니다. 비닐 천막 속에 갇힌 피해 생존자들이 절박한 나머지, 유명한 작가에게 좀 소설화해 주십사 애소했건만 거절당한 건 사실인 듯싶다. 하지만 그렇다고 무명인 나까지 싸잡아 불신하는 기색은 보이지 않았다. 말은 하지 않았지만 속으로 조금쯤 고마워하는 듯싶기도 했다.

다만, 색다른 현실 지옥에서 겨우 살아 나온 사람들의 눈에 새파란 작가의 치기가 돈키호테처럼 무모해 보였는지 모른다.

혹시 그들은 그곳에서 철저히 세뇌당해 박 원장을 보통 사람 아닌 초인이나 괴인으로 여기는 건 아닐까? 잠재의식 속에서… 의식으로 부정하려 해도 어쩔 수 없이….

일반 사회에서와 달리 그곳에서의 세뇌는 무자비한 폭력과 함께 시시각각 진행된다. 아무리 강한 의지력을 지녔든 학식 높은 지성인이든 산전수전 다 겪은 꼴통이든 뭐든 마침내 굴복하지 않을 수 없다. 복종하거나 맞아 죽거나 미치거나… 선택지는 좁고 가파르다.

피해 생존자들은 겉으로 대범해 보여도 내심 공포감에 떨고 있는지도 몰랐다. 폭력과 협박은 형제원 출소 후에도 그들의 뇌리에 각인된 채 시시각각 계속 불안을 불러일으키지 않았을까.

아니, 과거의 기억뿐만 아니라 현실에서도 악마들은 실제로 위협적인 메시지를 은근슬쩍 흘려 보내 생존자들의 증언을 막으려 했던 것 같다. 박 원장과 그의 수하 심복 충복이었던 자들 그리고 장성한 아들은 위대한 '복지 천국의 아버지'를 폄훼하는 '인간 병균'을 박살내 버리고 싶었으리라.

그런 악조건 속에서 그들은 비닐 천막에 모여 좀 더 나은 미래를 꿈꾸고 있었다. 아직 50세도 안 된 나이에 치아가 다 빠져 틀니를 낀 사람의 말이 좀 떨리고 어눌할지언정 그건 공포심 때문이기보다 그걸 극복해 넘어 인간답게 살고 싶기 때문일 터였다. 그들의 고백은 회상적 이야기가 아니라, 세뇌의 주술을 풀고 자유로운 정신을 회복하고픈 염원이자 절규였다.

박인근 원장은 사이비 신흥종교 교주인 양 행세하진 않았다.

하지만 그는 형제복지옥원 건물 뒤쪽 산 위에 웅장한 교회당을 지어 놓곤 예배 때마다 녹음된 마이크 소리로

산상수훈을 원생들에게 들려 준 후, 사목 부서 직원들을
동원해 잠깐씩 자기숭배 의식을 시도케 했다. 별 표나지
않게….

히틀러나 무솔리니처럼 크게 벌일 생각은 없었던 듯
싶다. 자그마하지만 견고한 왕국에서 차근차근 축재하
고 은근슬쩍 욕망을 채우는 방식을 택하지 않았을까?

그의 미소 짓는 얼굴 뒤편에서 얼마나 많은 성인 남녀
와 어린 소년 소녀들이 영육을 유린당했는지 아무도 모
른다. 정말 모른다.

그런데 박 원장의 마누라는 소년들의 고추 만지기를
좋아했다고 한다.

오줌싸개 혹은 머리나 배가 아프다는 어린 아이들을
밀실로 불러 치료한답시곤 사탕 한 알씩 입에 물려 놓
고 아랫배를 쓰다듬다가 슬슬 아래로 내려가 주물럭거
렸다는 것이다.

도대체 알 수 없는 복마전이다. 혹시 그녀는 남편이
소녀와 처녀들의 몸을 유린하는 걸 알아채곤 복수극을
벌인 건 아닐까.

아무튼 세상과 멀리 떨어진 철벽 성채 속에서 그들이

지옥과 함께 자기들만의 요지경 아방궁을 만들려 했던 건 사실인 듯 보인다. 군부독재가 횡행할수록 그들의 해괴스런 짓거리는 심해졌다.

증거를 다각도로 확보한 검사는 구속영장을 신청했으나 왠지 자꾸 지연되다가 거부당하곤 했다. 박인근이 미국으로 도피하려 한다는 정보를 입수한 검사는 선후배 동료들에게 애걸복걸한 끝에 겨우 영장을 발부받아 어렵사리 아슬아슬하게 박 원장을 체포했다.

그런데 바로 다음날 부산시장으로부터 날선 전화가 걸려왔다.

"당장 그를 석방하시오. 박 원장은 훌륭한 사회사업가로서 국민훈장까지 받은 사람이오. 그런 애국자들 덕분에 거리에 거렁뱅이도 없고 좋잖소…. 이건 내 말이 아니라 대통령 각하의 말씀이오."

전 마두의 단 한 마디로 경천동지하던 시절이었다.

하지만 검사는 악전고투 끝에 결국 박인근 원장을 구속 기소했다. 여기에는 민주화의 점차적인 낌새와 국민들의 성원도 한몫했다.

1987년 초여름에 열린 1심 공판에서 박인근은 징역 10년과 벌금 6억 원을 선고받는다. 얼마 후 검사는 반강제적으로 사직하곤 고향으로 돌아간다. 씁쓸한 낙향.

검사 앞에서 떠벌린 호언장담대로 박 원장은 법망을 슬슬 빠져 나갔다. 그해 겨울의 항소심에서는 벌금형이 무화되고 징역 형량도 1년으로 줄어들었다.

과연 누구에 의한 누구의 승리일까?

물방울

신은 이 지구상 그리고 저 머나먼 우주 어디에도 약육
강식의 원리를 직접 선포해 놓진 않은 성싶다.

다른 행성까지 가서 굳이 확인해 볼 필요도 없이, 가
장 이기적인 독종들이 살고 있다는 한국 땅에서조차 일
반 보편적인 현상으로 통용되지 않는다.

물론 그런 엄혹한 상황이 비일비재하다 보니 인간 스
스로 금언을 만들어 자기합리화의 위안을 얻으려 했겠
지. 하지만 동물계를 빙자하여 인간 세상까지 약육강식

의 카테고리에 집어넣는 건 진리도 진실도 과학적 사실 탐구도 아닌 듯싶다.

요즘은 인간과 동물이 거의 반쯤 겹쳐 있는데, 인간동물이라 해얄지 동물인간이란 조어가 더 적절할지 모를 노릇이다.

어쨌든 인간이든 정글 속 야수든 꼭 강자만 약자를 잡아먹고 희희낙락 배를 두드리는 건 아니다. 약자들도 생명을 걸고 저항하다가 강자를 치명적인 위기에 빠뜨릴 뿐 아니라, 심지어 서로 단결해 절대 강자를 잡아먹기도 하잖던가?

영양은 사자에게 목이 물린 상태에서 필사적으로 뿔을 활용해 포식자의 멱살에 구멍을 뚫기도 하고, 개미 떼는 자기네 굴을 침범한 뱀 대가리를 둘러싸 뭉개 버린다.

그들이 원수의 시체에 침을 뱉고 떠난다면 한시름 지나 풀이 진액을 빨아먹곤 무성해지리라. 약육강식이 아니라 약육조화라고나 할까.

실상 적자생존 이론 또한 대단한 자연 법칙이라기보다 개체를 넘어선 공동체의 생존을 위해, 이를테면 개인

주의적 이기심을 탈피해 무리의 이익을 추구할 때 살아
남을 가능성이 좀더 높다는 얘기겠지.

설령 어떤 강한 개인이 악조건을 이겨내고 생존한다
더라도 자기 개인만의 삶이라면 대체 얼마만한 가치가
있을까. 무리에서 (자의든 타의든) 떨어져 고립된 개미나
꿀벌 같은 신세….

바다에서 파도쳐 튀어오른 물방울 하나가 대양을 내
려다보며 '하하핫, 난 너희 평범한 멍청이들과 다른 특
별한 존재이노라!' 하고 자만감에 젖어 날뛴들 몇 초 동
안 공중에 떠 있겠는가? 3초 후 추락하는 순간에도 그
물방울은 자기애의 쾌감에 빠져 부르르 떨지 모른다. 결
과는, 그 자신에겐 아마 죽음으로 느껴지리라. 자기를
버림으로써 자연스레 바다가 됨도 모르리라.

파도가 맥동쳐 바위 절벽을 오랜 세월 깎고 쓰다듬
어 장엄한 예술품으로 만들 때 무념무상 하얀 물거
품 또한 일조했음도 모를 것이다. 자의식을 버려야
진정한 자신을 꽃처럼 표현할 수 있다는 만고불변의
진리….

그런데도 한국에선 나름 뛰어난 인간들이 제잘났다는

'물방울 자만심'과 과대망상에 젖어 동서고금의 전례로부터 배우지 못한 채 인신人神인 양 행세하다가 대부분 인간 이하로 추락하거나 비명횡사하고 만다. 과연 그들을 약육강식 적자생존의 표본이라 말할 수 있을까? 감옥에 갇힌 전직 대통령들과 수하들에게 들려 준다면 대체 어떤 표정을 지을지 궁금하다.

악기 강한 전두환은 여전히 콧방귀를 팅팅 뀌면서 살인마적 과오를 부인하지만 그 말로가 좋을 리 없다. 그들 패거리가 싸지른 악취 고약스런 똥은 아직까지 남아 국민들의 뇌리를 더럽히며 진저리치게끔 만들고 있다.

전두환 당시 대통령으로부터 훈장을 두 번이나 받은 박 원장은 무소불위의 권력으로 형제원을 통치했다.

그와 수하 졸개들은 국가로부터 받은 소임을 사리사욕이 아닌 척 악용해, 양두구육 식으로 복지원 간판을 내건 채 실제론 인육을 팔아 먹었다. 막대한 국가 지원금(국민 세금)을 꼬박꼬박 챙기고도 검은 뱃속이 덜 찼던지 그들은 병사자와 타살자(자기들이 죽인)의 시체마저 1구당 몇 백만 원씩 받곤 부산대나 동아대 의대에 실험 실습용으로 팔아넘겼다.

그 시신에 만약 혼이 붙어 있었다면 무슨 말을 했을까? 모를 노릇이다. 혹시⋯ 그들의 검푸른 입술은⋯ '약육강식이니 적자생존이니 거짓말 지껄이지 말고, 사회구조를 강육약식하고 부적자^{不適者}와 공생하는 파라다이스로 바꿔라. 그게 곧 참 진리의 입구이리라!'라고 했을지⋯.

하지만 자기애 망상에 빠진 최고권력자와 그의 주구들은 동서고금을 막론하고 뻔한 진실을 외면한 채 악행에 광분하다가 비명횡사하는 것이다.

박 원장은 특히 약육강식과 적자생존을 강조했다.

하기사 그 당시나 지금이나 그건 대한민국의 국시 혹은 국훈 같은 구절인지라 개인들 또한 좌우명처럼 가슴속에 은근슬쩍 품었다고 해서 탓하긴 어려우리라.

그런데 박 원장의 경우는 좀 다르다. 그는 군사독재 시절의 장기 복무 하사관 출신답게 '하면 된다! 안 되면? 되게 하라! 살아남는 자만이 존재할 가치가 있으며 그 외엔 쓰레기다!'라고 외쳐댔다. 작업장이나 운동장에서 병약자를 보게 되면 더 심한 일을 시키거나 폭행(기합)을 가해 반죽음 상태로 만들어 버렸다. 그리고 원생들에게 겁을 줄 속셈인지 자신이 공수부대 장교 출신이라고 허풍치기도 했단다. 사람 좋게 껄껄 웃으며. 그는 염라대왕보다 더 큰 권력을 갖고 있는 존재였다. 적어도 형제복지원 내에서는….

부산 시내로부터 외떨어진 산기슭의 거대한 회색 시멘트 건물 속엔 부랑자로 낙인찍힌 4천여 명의 인생이 강제 수용돼 있었다.

부랑자란 대체 무엇인가? 그들은 일종의 궁핍한 자유인이다. 집시, 히피족, (나 같은) 무명 예술가마저 독재국가에선 부랑인으로 분류될 수 있다.

정신이 또록또록 박힌 사람일지언정 독재자를 독재자라고 말하는 순간 붙잡혀 가 고문당해 죽거나 정신이상 부랑자로 변해 떠돌았다.('귀천'이란 절명시를 남기고 떠난 천상병 시인의 삶은 그 시절을 상징한달까.)

독재자들은 부랑자를 근원적으로 싫어한다. 꼭 추접하고 방종스러운 인간 쓰레기여서만은 아니었다. 그들은 내심 두려움을 느끼는지도 모른다.

어려움을 이겨내고 성공가도를 달려 마침내 올라앉은 성좌에서 조감하면 모두 벌레 개미 같은 인간들이다. 하

찮긴 마찬가지인데 그 중 특히 무리를 벗어나 반항하거
나 빈둥거리는 반사회적인 꼴을 보면 울화가 솟구치는
것이리라. 많은 일을 포기하고 일심정진 자기계발에 몰
두한 결과 왕좌에 올랐는데 왠지 불안스럽다. 수직상승
했기에 급전직하할지 모른다는 두려움이 들었을까?

아니, 그보다는 자기가 벌레나 짐승처럼 가래침 뱉
어 주고픈 부랑인들이 저 밑에서 조롱하는 기분을 느
끼지 않았을까 싶다. 성공 계단을 뛰어오르는 사이에
진짜 인간성을 버리고 추악한 야수로 변질된 건 바로
자기 자신이 아닌지 의아스러워진다. 하지만 인정하긴
싫다. 아무리 사실일지언정 수긍하기 어려운 게 인지
상정이다.

옛날 옛적에 일반 시민들만큼은 부랑자들을 같은 사
람으로 여기고 조금쯤 동정했었는데, 요즘은 세태 때문
인지 특권자들을 부러워하기 때문인지 그저 인간 오물
로 타기해 버린다. 혐오감의 전염일까….

하지만 복지원에 감금된 대부분의 원생들은 부랑자가
아니라 일반 서민들이었다. 깡패, 소매치기, 앵벌이 따
위도 물론 있었지만 구두닦이나 노점상 등 열심히 살아

보려다가 억울하게 끌려온 경우도 많았다. 잔업을 마친 후 밤 늦게 퇴근하다 걸린 공원工員, 술 한잔 걸친 기분에 햄릿 역을 맡은 양 즉흥 연기하던 무명 배우마저 일순 간 부랑자 신세로 바뀌어 거대한 지옥극장의 담벼락 속에 갇힌 채 신음했다. 그들은 대한민국의 일반 국민이면 서도 다만 빈궁하고 빽이 없는 무골충 지렁이였기에 악마의 밥이 되었다.

반면 깡패나 불량배 족속은 그 지옥 왕국 속에서 도리 어 충신 열사로 돌변해 중대장 소대장 조장 등등 완장 을 찬 채 박 원장의 지시에 따라 원생들을 벌레처럼 짓 밟았다.(구체적인 사례를 묘사하고 싶지만 자제하겠다. 내 보 기엔 지옥도인데, 요즘 극악스런 인터넷 게임이나 동영상에 중독 혹은 면역된 사람들이 얼마쯤 실감할지 의문스럽고 오히 려 반작용을 불러일으킬지도 모르기 때문이다. 겨우 그 정도 가지고 뭘 그래… 이런 쓸쓸한 반응….)

또한 이 소설은 엽기적이고 일상적이었던 살상殺傷 뒷 면에 도사린 형제원뿐만 아니라 이 세상 모든 사이비 복지원의 근본 구조를 탐색하는 데 목적이 있으므로 여 기선 일단 슬쩍 넘어가려 한다.*

선한 사람은 자기가 겪은 인생 고난을 기준 삼아 남에게 더 선하게 베풀고, 악인은 한층 더 사악해져 인간들에게 해악을 끼친다.

박 원장이 바로 그런 족속이었다. 휴전선을 사이에 두고 남북한이 가장 첨예하게 대립했던 시기에 군복무를 마친 그는 사회 현실과 병영을 쉽사리 구분하지 못했을지도 모른다. 아니, 잘 알면서, 국가 지원금을 타내어 자신이 꿈꾸는 왕국을 건설키 위해 분투 광분했는지….

형제복지원은 군대보다 더 지독스러웠다.

원생들은 새벽 4시쯤 우렁차게 울려 퍼지는 기상 나팔 소리를 듣고 잠에서 깨어나 고달픈 하루를 시작했다. 인원 점검 후 소대 별로 세면실로 향했다. 국가 지원금 속엔 분명 칫솔과 치약 값이 포함됐을 텐데 원생들은 굵고 거무튀튀한 막소금으로 대충 양치질을 하곤 양손 바닥을 모아 받은 물 한 조끔으로 세수까지 끝낸 다음 운동장에 모였다.

빡빡 깎은 머리에 퍼런 추리닝을 입고 검정 고무신을

---

* 악랄한 폭력 참상에 더 관심 있는 분은 피해생존자 체험수기인 '살아남은 아이', '숫자가 된 사람들' 등을 읽어 보길 바란다.

신은 꼴이 영락없는 죄수의 모습이었다. 아침 점호를 받고 나서 대열을 맞춰 몇 바퀴 구보하며 새마을 노래와 군가를 불렀다.

내 살던 고향은 형제복지원
날만 새면 꽁보리밥에 썩은 전어젓
울며 불며 또 맞는 형제복지원….

입속으로 자그맣게 풍자하는 사람도 있었다. 그러다가 혹 보조를 잘 맞추지 못하면 몽둥이로 흠씬 두들겨 맞았다.

그들은 숨을 헐떡거리며 식당 밑에 정렬해 있다가 차례가 되면 즉시 올라가 식판에 받은 밥을 재빨리 우걱우걱 씹어 삼켰다. 빨리 먹고 뒷줄을 위해 비켜 줘야 했다. 3천여 명이 1시간 만에 허기를 채워야 하기에 느적거리다간 조장들에게 밥을 뺏길 뿐 아니라 피터지게 얻어맞았다.

아침 7시부터 원생들은 각종 작업장으로 끌려가 강제 노동에 시달렸다.

철공반, 목공반, 미용반, 악세사리반(낚싯줄 묶기, 예수 상에 금박 물감 칠하기, 인형 눈알 박기) 등이 있었다. 일정 할당량을 채워야 하기에 모두 다 살인적인 노역이었다. 작업반 책임자는 박 원장의 동생과 처남들이었다.

특히 야외 작업반에선 돌발 사고로 인해 즉사하거나 중상을 입는 상황이 많이 벌어졌다. 그들은 산중턱을 깎아 새 건물을 짓는 일에 동원되었다. 바윗돌을 채굴해 석재로 사용했다. 안전장치도 없이 파들어가다가 굴이 와르르 무너져 수십 명이 죽고 다쳤다. 위험이 상존했기에 그곳은 '악마의 발톱'이라 불리는 기피 지역이 되었다. 혹시 공상 속의 아오지 탄광이 그럴까. 모두 두려워했다. 언제 죽을지 자기 자신도 모르는 지옥!

다른 근로소대에 있다가 조장이나 소대장에게 찍혀 아오지로 내려오는 경우도 있었고, 뭔가 선물을 상납하면 1급 지옥보다 좀 나은 2급 지옥으로 올라가기도 했다. 반항 기질이 심한 꼴통 원생들은 그곳에 차출돼 시달리다가 중상을 입거나 으슥한 구석으로 끌려가 폭행당한 끝에 사고사로 처리돼 버려졌다. 특히 반정부적인 성향을 지닌 노동운동가, 심지어 반골 교사와 무명 예술가들도 한 명 두 명씩 투입돼 허덕이다가 흔적 없이 사라졌다.

형제복지원의 모든 건물은 초창기부터 원생들의 노동으로 만들어졌다.

수용자 중엔 여러 가지 건축 기술을 지닌 사람이 많았다. 양아치나 부랑인이라기보다 평범한 일반인을 작은 실수를 빌미 삼아 반강제로 끌고가 가두어 둔 채 부려먹은 셈이었다. 하늘마저 놀랄 만한 곳이었다. 그들의 기술과 무지렁이 개미들의 막노동이 합쳐져 황량한 산기슭에 건물이 한 채씩 늘어났다.

자신들의 피땀으로 자기들의 감옥을 짓는 사람들의 심정은 어떠했을까. 남들이 도망치지 못하게 돌담을 높이 쌓지만, 그건 바로 내가 내 길을 막는 노릇이었다!

왜 그들은 반항을 시도하지 않았을까? 힘을 모아 함께 사악한 살인마 왕국을 뒤집어엎고 자유를 쟁취하지 않았을까?

개인적 능력으로 탈출해 도망치거나, 목숨 걸고 악랄스런 조장 놈의 목을 찔러 복수하는 경우는 있었으나, 합심 단결 투쟁은 형제복지원 역사상 거의 없었다. 혹시

3천여 명이 모여 물밀듯 파도쳤다면 거대한 암벽조차 무너뜨릴 수 있지 않았을까?

이런 의문에 대한 수용소 체험자의 대답은 일단 부정적인 표정이다.

"형제원은 한국의 축소판이었어요. 군사독재 시대의 한국보다 아마 형제복지원이 훨씬 더 암흑이었을 거예요. 그 당시 삼청교육대나 선감도 수용소에서 옮겨 온 사람들조차 벌벌 떨었으니까. 아무튼, 그곳은 지옥이었지만… 이익 보는 놈도 있었기 땜에, 삼일운동이나 촛불 혁명처럼 대규모 궐기는 불가능했지요. 매일 매일 몸과 맘으로 죽음 체험을 했으니, 살아남기 위해선… 자신의 정신을 원시적이고 동물적인 지옥계로 끌어내릴 수밖에 없었는걸…. 3천 명이 아니라 3백 명만 함께 일떠서도 아마 변화의 바람이 불었겠죠만, 정녕 녹록치 않은 상황이었어요. 그곳은 옛날 군대식 절대 복종과 북한 사회를 모방한 수령(복지원 원장) 숭배, 그리고 불순분자 고자질에 대한 보상 제도도 있었으니까. 박인근 원장은 신이었고 형제원은 지상천국이므로, 억지로라도 감사하며 웃어야 했을 뿐 비판은 즉시즉각 사망으로 통했었지, 흐흐…."

박 원장 휘하에 중대장, 소대장, 총무, 조장 등이 있었
다. 부원장이나 감사직, 회계직 같은 건 없었다. 오직 박
원장이 기획 판단 결정해 명령을 내리면 일사천리로 착
착 시달돼 밑바닥 원생들은 즉각 인간 기계처럼 실행해
야만 했다.

그들은 일반 원생들을 깔아 짓밟은 채 마치 식인食人
피라밋인 양 위계 구조를 이뤄 시시각각 꿈틀거렸다. 상
부층의 눈 밖에 나면 곧 밑바닥으로 떨어져 최악의 고
통을 맛보게 되므로 최악과 최선을 다해 악마의 부하로
서 복무할 수밖에 없었다. 원생을 인간으로 생각지 말고
인형 로봇으로 다뤄라! 그게 형제복지원의 모토였다.

시시각각 저승사자의 눈이 번쩍이는 마당에 쿠데타 모
의를 해 일떠서기란 불가능에 가까웠다. 설령 한 구석에
서 불장난이 시도될지언정 복지원 규찰대가 감당하지 못
할 경우 곧 경찰이 출동하고 심지어 군대까지 투입될 위
험이 있었다. 지위를 가진 자들은 그런 엄포를 놓곤 했다.

시대 자체가 그럴 정도로 엄혹한 군부독재 시대였다.

또한 매일 두드려 맞고 눈앞에서 동료가 피 흘리며 시
체로 변하는 장면을 목격한 원생들은 공포감에 세뇌된

채, 내일의 자유를 향해 촛불을 들기보다 오늘 하루를 살아내는 게 다급한 상황이었다.

열악한 의식주를 감수하며 강제노역에 뼛골이 빠진 원생들은 아침 저녁 점호 때마다 원장님 찬양록을 암기해 뇌까려야 했다. 박정희 정권과 김일성 정권의 장점을 동시에 모방해 자기 우상화에 이용한 셈이었다.

토요일엔 중대장이 소대장들을 거느리곤 내무반을 시찰했다. 환경 상태, 신체 상태, 정신 상태 등을 살폈다. 먼지 하나 없이 모든 게 딱딱 각이 잡혀 있어야 했고, 손발톱은 (손톱깎이가 모자라) 이빨로 물어뜯어 잘랐다. 그런데도 중대장은 손톱이 삐죽뾰족 창날 같다며 꿀밤을 먹였다. 정신상태 개선이라며 배를 걷어차 쓰러뜨린 후 머리를 마구 짓밟기도 했다.

한겨울이면 산기슭에 자리잡은 형제복지원엔 바닷바람이 엄청 불어닥쳤다.

대부분의 원생들은 입술이 터져 늘 피가 흐르고 손발은 동상에 걸려 검붉게 부어 있었다. 발가락을 몇 개씩 뭉텅 잘라내는 경우도 흔했다. 그 지옥에도 의무과가 있었으나 형식적일 뿐이라 제대로 치료를 받긴 어려웠다.

그저 국가 지원금을 빼돌려 훔쳐 먹는 또 하나의 암구멍에 지나지 않았다. 노역 중 손가락이 부러지고 뭉개져도 '빨간 약'이라 불린 아까징기를 발라 주곤 끝이었다. 발을 삐어 퉁퉁 부어오르면 옥도징기를 슬슬 바른 후 쫓아냈다. 만병통치약처럼 여겨진 안티푸라민은 서랍속에 감춰둔 채 특별한 경우가 아니면 좀체 발라 주지 않았다.

중대장이 연탄집게 끝으로 옆구리를 찔러 버린 한 원생은 상처가 곪아 썩어 들어가는데도 누런 고름을 푹짜낸 다음 빨간 약을 부어넣고 거즈를 붙여 두었을 뿐이었다. 그 원생은 결국 죽어 복지원을 벗어났다. 시체는 아마 대학병원 해부실로 고액에 팔려갔으리라.

얼마나 많은 약품 구입비가 원장의 뱃속으로 흘러 들어갔으며, 얼마나 많은 원생들의 상처가 곪아 생명을 앗아 갔을까?

형제원은 인간의 갱생을 위한 복지시설이라기보다 착취하고 죽이기 위한 곳이었다. 독재자와 가진 자의 눈에 부랑인으로 비친 사람 쓰레기 소각 처리장이랄까.

수용소 본건물 뒤쪽의 으슥한 별채엔 30여 개의 격리

감방이 숨겨져 있었다. 사고뭉치, 말 안 듣는 꼴통, 체제에 순응하지 않는 반동분자 등을 좁직한 시멘트 독실에 가둬 둔 채 사실상 굶겨 죽였다. 허기로 인해 발광한 누군가는 자기 팔을 뜯어 먹다가 죽었다는 풍문마저 떠돌았다. 그 정도로 복지원은 야만적인 인간 도살장이었다.

박인근 원장의 말마따나 그가 꼭 자신의 사리사욕만을 좇진 않았으리라. 사리사욕과 함께, 대통령 각하의 지시를 받들어 이 세상을 정의로운 선진 복지국가로 만드는 데 일조한다는 자기 나름의 사명의식 혹은 과대망상에 빠지진 않았을까. 아마 그 두 개가 이전투구泥田鬪狗했을 터이다. 상쟁이기보다 상호 이해하는 양상이었겠지.

그 당시의 경제개발 지상주의는 자기계발 성공주의와도 통했다. 전국 각지에 '성공 광인'들이 출몰하기 시작했다. 성공하기 위해선 광인이 되어도 좋고 악인이 돼도 괜찮다는 풍조였다.

박정희와 전두환 대통령으로부터 훈장을 받은 박인근은 기고만장해 "하면 된다! 안 되면 되게 하라!"라고 외쳐대며 형제원을 약육강식 적자생존의 콘크리트 속 정글로 만들어 갔다.

우선 먹는 것으로부터. 원래 식사 시간은 30분 정도였으나 그런 여유는 없었다. 수천 명이 차례차례 줄지어 들어와 먹고 빨리 나가 줘야 하므로 최대한 서둘러야만 했다. 그러기에 조장들은 "체할라, 천천히들 먹어! 선착순 10명!"이라고 소리쳤다. 원생들은 음식을 씹을 새도 없이 마구 삼켰다. 빨리 밖으로 나가 줄을 서야 했다. 선착순 10명 안에 들지 못한 자들은 게으름뱅이라는 욕지거릴 들으며 야구 방망이를 얻어맞았다.

모든 게 다 그랬지만 운동 시간에 벌어지는 기마전은 생존경쟁의 하이라이트였다.

일반학교 운동회에서도 기마전은 부족간 전쟁인 양 짐짓 꽤나 치열하다. 그런데 형제원 운동장에선 진짜 살벌한 사투가 벌어졌다.

말 머리의 깃발을 빼앗는 게 전부가 아니었다. 상대 팀을 완전히 침몰시켜야 승리하는, 말 그대로 약육강식의 상징적인 정글전이었다.

위쪽에 걸터앉은 반인반마半人半馬를 떨어지지 않게 잘 받치면서, 밑쪽에선 치열한 육탄전이 벌어졌다. 서로 악을 쓰며 주먹질 발길질을 주고받았다. 쓰러지는 사람은 양편 모두에게 짓밟혔다. 그 결과 수많은 원생들이 눈을 다치고 코뼈가 부러졌으며 생이빨을 잃었다. 심지어 뇌진탕으로 숨지는 경우도 있었다.

그런데도 원장은 승리 소대엔 라면 따위 상을 내리고 패배한 소대원들에겐 빳다를 치도록 명령했다.

때로 원생들은 원장의 지시에 따라 매를 맞으며 '적자생존! 약육강식!'이라고 구령을 붙이기도 했다.

입소 당시엔 장애자나 불구자가 소수였으나 험한 폭행으로 인해 늘어났다. 복지원 측은 그들을 여러 가지 방법으로 활용하고 이용하고 진을 빼먹은 후 폐기처분해 시체마저 매매했다. 원생들은 인간이 아니라 개새끼 같은 짐승으로 취급받은 셈이었다.

정신병동은 공동묘지와 비슷한 느낌을 주었다. 으스산한 회색 건물 속에선 늘 비명과 흐느낌 소리가 흘러나왔다.

그곳엔 입소 당시부터 정신이상인 사람도 있었으나, 이후에 겪은 트라우마로 인해 생각과 마음이 이지러져버린 사람이 더 많았다. 일상적인 폭행, 세뇌, 성 유린 등은 진실하고 착하고 아름다운 사람들부터 망가뜨렸다. 차라리 거짓되고 사악하고 비열스런 자들이 더 적응하기 좋은 모종의 천국이었다. 바로 이 세상처럼….

중대장의 요구를 잘 듣지 않는 예쁜 여자나 반체제 인사도 정신병동에 감금돼 있었다. 일단 그곳에 들어가면 이상한 약을 먹이거나 사지를 묶은 채 강간 폭행하기 때문에 오히려 미쳐 버리는 게 견디기 쉬웠다. 멀쩡하던 사람도 알약을 먹으면 몽롱해진 눈으로 침을 질질 흘렸다.

정신병동 옆엔 노인 소대와 장애인 소대 그리고 어린이 소대가 붙어 있었다. 장애인과 소년 소녀들도 성폭행범의 먹잇감이었다. 범죄자들은 처벌받긴커녕 잘난 척 희희낙락거렸다.

형제복지원 소굴의 참상은 왜 오랫동안 줄곧 비밀스레 묻혀 있었을까?

한국 제2의 대도시인 부산에서… 정부 주무부처인 내무부나 부산시장 및 사회복지국장들도 다 알고 있었을 텐데… 중심가는 아니지만 시내버스를 타고 가면 뭔지 모를 이상스런 건물의 일부가 일반시민들의 눈에도 얼핏얼핏 보였다건만….

요즘 시대엔 상상하기조차 힘들다. 하지만 군사독재 시절이었기에 가능했다. 대통령이 조선시대 임금이나 네로 황제보다 더 막강한 권력을 행사하던 때, 누구든 살아남기 위해서는 보이는 것도 안 보이는 척 아는 것도 모르는 척 오히려 스스로 숨겨야 했다. 부산시장이든 내무부 장관이든 (요즘은 활개치는) 언론계 사장이든 뭐든 군부정권의 비전에 따르지 않으면 금세 사라져 버렸다.

목숨 걸고 천신만고 끝에 탈출한 사람들의 말에 따르면, 언론사에 제보를 해도 듣기만 한 후 아무런 반응이 없었고, 눈물 흘리며 애절히 호소해도 정신병자의 헛소리로 취급해 버렸다고 한다.

외부에서 시찰을 나오는 때가 있었다.

구청 직원은 늘 돈과 향응을 받아 한통속이기 때문에, 설령 누가 용기내어 절규한단들 눈살을 찌푸리며 헛기침만 내뱉을 뿐이었다.

외국(특히 미국)의 선교협회에서 나올 경우엔 한 달 전부터 미리 순응형 원생들을 뽑아 철저히 교육하고 예행연습까지 시켰다. 만약 살짝이나마 진실이 밝혀진다면 거대한 사이비 왕국이 무너져 내리고 나아가 독재정권의 치부마저 드러날 위험이 있기 때문이었으리라.

지원금을 받아 원장 일족이 사취해 버렸기에 원생들의 의식주 상황은 최악 수준이었다. 그래서 이른바 '꾸밈의 미학'이 시작되는 것이다. 선발된 원생들은 '형제원이 최고'라는 정신 세뇌교육을 받은 후 누더기와 검정고무신을 벗고 새 옷과 새 신발을 착용한 채 환영식장으로 나가 만국기를 흔들었다. 활짝 미소 지으며….

10여 분 동안의 행사를 위해 얼마나 많은 아이들이 훈련에 동원돼 두드려 맞아 죽거나 반병신이 되었던가. 한 명이 실수하면 전체가 온종일 시달렸다.

행사가 끝나면 새 옷과 신발은 반납했는데, 다음번에 또 활용하기 위해서였다.

복마전

이쯤에서 형제복지원의 교회당에 대해 얘기하지 않을
수 없다.

산의 맨 높은 곳에 웅장하게 하늘을 찌를 듯 서 있는
건물. 그 교회는 모든 원생들의 피땀으로 축조되었으며,
작업 도중 숨진 수많은 시체 위에 올라 위용을 뽐낸다
고 할 만했다.

세상의 모든 교회뿐만 아니라 성당과 사원들은 영혼
의 위안소이자 세뇌의 공간이다. 그런데 형제원 교회당

에서는 지친 영혼을 감싸 안기보다, 하나님과 예수님의 진리를 왜곡해 박인근 원장을 우상화하고 그 지옥을 지상천국이라 세뇌하는 데 전력을 쏟았다. 광분과 과대망상의 성전이랄까.

그런데 박 원장이 진짜 기독교인인지 사이비인지 확실히 알려진 바는 없다. 형식론자들은 어쨌든 그런 거대한 교회를 지었으니 따봉 크리스찬이라 외칠지 모르지만 내부 실상은 반기독교적이었다. 아니, 비기독교적이었달까.

무슨 목적으로 그 교회당을 지었는지 살펴보는 게 더 중요하다. 가장 높은 곳에 자리잡은 교회 첨탑에 세워 놓은 거대한 십자가는 형제원이 강제수용소(원생들의 말로는 인간 도살장)가 아니라 복지시설이란 이미지를 광고해 주었다.

부산 시민들도 그 십자가를 보며 속은 셈이다. 과연 누가 그 속에 복마전이 들어서 있을 줄 상상이나 했겠는가.

원생들이 피땀 바쳐 세운 교회는 그들 자신의 삶을 왜곡 굴절시키는 사이비 신전이 된 것이다.

물론 그곳에도 나무 십자가에 못 박힌 예수상이 서 있

었지만, 지나치게 위협적인 얼굴이라 사랑과 용서의 상
징이 아니라, 왠지 박인근 원장의 면상이 오버랩되었다.
기독교 신자든 타종교 신자든 무신론자든 위안보다 공
포심을 느꼈다고 한다. 혹시 가슴과 손바닥에서 흘러 내
리는 핏방울을 쳐다보며 원생들은 예수의 고난보다는
자신의 고생과 원한을 떠올렸는지도 모른다.

형제복지원 교회와 일반 사회의 교회는 어떤 관계가
있었을까. 아니, 과연 어떤 차이가 있었을까? 요즘의 교
회와는 얼마나 달랐을까… 궁금해지는 까닭은 또 무엇
인가?

기독교는 미국 선교사들과 함께 이 땅에 들어왔다. 그
들은 선교사宣教師이기도 했지만 선교사善交邪이기도 했고
선교사先狡蛇로 활약하기도 했다.

그 뒤엔 미국 정부의 국가적 정책이 숨어 있었다. 마
치 성인이 어린 소년 소녀 꾀기처럼…. 아름다운 미국美
國, 아메리카 합중국은 군대를 진주시키기 전에 늘 선교
단을 미리 보내 주민들을 교화 혹은 친미화하려 애썼다.
북아메리카 대륙에서 원주민을 몰아낼 때도 그랬고, 한

반도에 미군을 주둔시켜 군정을 시작할 무렵에도 마찬가지였다. 초콜릿이나 껌 한 개에 얼마나 많은 순진무구한 소년 소녀뿐 아니라 할머니 할아버지들도 세뇌당했을까. (물론 세뇌된 사람들이 스스로 수긍하진 않을 테지만… 세뇌를 아는 순간 세뇌에서 깨어나리라.)

미국이 자기네 돈을 들여 한국을 지켜 준다는 망상에 젖은 사람은 그런 초콜릿 세뇌를 저도 모른 채 받아 버린 세대이다.

초기엔 그런 면이 좀 있었으나 이젠 늑대의 발톱을 드러내고 있지 않은가. 어린 양을 키워 잡아먹는 노릇이랄까.

트럼프가 장사꾼답게 주한미군 주둔비를 인상하라고 요구하는 건 아주 당연한 짓이다. 미국 대통령으로서 미국의 이익을 주장하는 것뿐이니까.

문제는 우리 대한민국 내부에 있다. 미국의 기침 소리 한 번에도 벌벌 떨고, 가래침을 뱉어도 히득대며 핥아먹으려는 자들이 상존한다. 사리사욕을 채우려…. 미군이 떠나면 마치 하늘이라도 무너질 듯 호들갑을 떤다.

그러니 그 누가 국익 위한 협상을 제대로 할 수 있겠는가. 힘을 보태 줘도 모자랄 판에 쥐새끼들처럼 심줄을

야금야금 갉아먹으려 드니 말이다.

한일 경제전쟁이 벌어진 상황. 어거지로 사꾸라 짓을 일삼는 일본은 모르쇠한 채 한국만 탓하는 미국 아닌 아메리카 합중국…. 그런데 저 구한말 때보다 더 해괴 야릇한 짓거리가 지금 이 땅에서 벌어지고 있다. 불공정한 지소미아를 연장하지 않는다고 지랄치는 일본국과 친일파, 그리고 편파적인 미국(아메리카)에 대해 한 마디 쓴소리했다고 대한민국 정부를 위험분자 소굴이라 욕하는 친미파… 과연 옛날의 친일파를 욕할 수 있겠는가? 친미파의 해악으로부터 어찌 빠져나올 수 있으랴.(옛날의 친일파 인사들처럼 요즘 친미파들은 사리사욕을 다 챙기면서도 잘난 척은 더 많이 한다.)

아무튼 미국은 자기네 이익을 위한 국가 정책이 있고 일본은 그들 나름대로 탐욕적인 정책을 펼치듯, 대한민국은 자신의 이익에 알맞은 대로를 걸어 나가야 하는 것이다.

청소년기와 청년기를 지나 이제 장년에 접어들었다면, 소년기에 받은 은혜는 갚을지언정 계속 굽실거리며 질질 끌려 다녀서는 안 되잖겠는가?

그런데도 일부 한국인들은 아직 성숙해지지 못한 채 마치 미숙아들처럼 미국에 의존하려 기를 쓴다. 사실상 미국 군대가 한국 땅에 주둔하고 있는 건 그들 자신의 이익을 위해서란 진실이 이미 다 알려진 상태이다. 한반도가 비록 땅은 작지만 지정학적으로 요충지이기에 미일중러 4대국 모두가 탐낸다.

지금 우리는 썩어빠져 버린 양반 선비 정신을 재탐구하면서 지혜로운 사업가가 되어야 한다. 북한 같은 경우는 독재 체제라 그런지 협상할 때 일사불란한데 남한은 미리 자중지란부터 일으키니 목적 성취가 어려울 뿐만 아니라 우스개 꼴을 당하기도 한다.(기득권자와 가짜 꼴통 뉴스에 세뇌된 자들은 미국인들보다 더 요란스레 웃어제낀다. 마치 형제원의 원장에게 세뇌당한 총무 이하 중대장 소대장 조장 놈들처럼… 그곳은 한국 사회의 축소판이었다.)

미국은 요즘 점점 더 많은 주한미군 주둔 비용을 요구하고 있다. 미국 정부는 한국 국민의 피 같은 세금인 그 돈 가운데 수천억 원을 전용해 엉뚱스레 멕시코 국경 축성 등등에 허비했다는데, 한국 정부는 꼴통 친미파들의 광분 탓에 정당한 요구조차 못내 삼키며 벙어리 꼴이다. 미군은 기지 안팎을 군용 기름으로 오염시켜 금수 강산을 온통 파괴하고도 모르쇠 오리발을 내미는데, 친미파들은 자기네만 잘살면 오케이라며 태극기 위에 성조기를 얽어맨 채 흔들어대니, 1백여 년 전 한일합병 무렵 친일파보다 더 뻔뻔스런 꼬락서니랄까.

지금은 미국이 우릴 일방적으로 도와주는 상하 종속 관계가 결코 아니다. 평등한 입장에서 서로 자기 나라의 이익을 추구하며 상호 협조한다면 혈맹보다 더 차원 높고 진한 동맹관계를 형성할 수가 있으리라.

만약 주한미군이 철군 카드를 내밀며 압박할 때 우리가 고갤 끄덕인다면 어떨까? 울고 불며 바짓자락을 붙든 채 애걸하기보다 "진달래는 한민족의 마음이오이다. 황토 위에 핏방울인 양 놓은 그 꽃을 사뿐히 즈려 밟고 가시옵소서."라고 합창한다면 과연 그들의 군홧발은…? 막상 그런 상황이 닥치면 미군은 결코 이 땅을 쉽사리 떠나려 하지 않을 것이다.

왜? 한반도(남북)는 비록 작지만 여러 모로 보아 황금 또는 다이아몬드 같은 보석이기 때문이다. 더구나 이건 고정된 광물질이 아니라 살아 숨쉬는 다이나믹한 존재

그 자체다. 그러니 반으로 갈라 놓은 채 그 속에 흐르는
38선 핏줄기를 바라보는 것도 이채롭거니와, 기분에 따
라 언제든 스테이크나 햄버거 샌드위치로 요리해 얌얌
씹어 삼킬 수 있으니 얼마나 맛깔스럽겠는가.

한 마디로 말해, (북한 쪽은 잠시 놔두더라도) 대한민국
국민만 제 이익을 위해 때때로 슬기롭게 합심한다면, 미
군 주둔비를 주는 게 아니라 오히려 받아낼 수 있으며,
또한 미국의 무기류 등을 어거지로 비싼 값에 사들이지
않아도 되는 것이다. 미국 제1의 무기 구입국인 대한민
국, 유구했던 문화민족으로서 부끄럽지 않은가? 그 무
지막대한 돈을 친일 친미파가 아닌 진정한 국리민복을
위해 쓴다면 얼마나 좋으랴.

오래 묵은 악순환을 끊고 선순환되면 마치 배꼽처럼
생명과 평화의 한 중심이 될 텐데…. 그러므로 미중러일
등 주변 강대국은 싸움을 말리는 척하면서 은근슬쩍 온
갖 계략을 짜내 한 민족끼리 싸우게끔 지랄하며 각자
호시탐탐 어부지리를 노리는 셈이다.

아아, 무지한 남북한 사람들이여, 특히 스스로 잘났다
고 생각하는 세뇌된 멍청이들이여, 민족이니 조국이니

뭐니 다 잊어버려라! 그리고 당신이 좋아하는 나라에 이민 가서 사람답게 살아 보려면 과연 어떤 마음을 기본적으로 지녀야 할지 한 번쯤 생각하라. 그런 생각으로 별천지에 가서 잘 살게 되더라도 고국을 욕하진 말라.

만일 통일이 되면, 지금보다 더 복잡한 문제들이 막 생겨나겠지만, 그것 때문에 반대한다면 친일파나 친미파라 할 수 있다. 어차피 해야 할 통일이다. 우리가 인생을 살아가면서 목표가 분명하다면 어떤 어려움과 우여곡절도 적극적 창발적으로 애써 극복해 넘어간다. 한데 기득권과 재물이 넉넉한 자들은 통일 따위로 인한 혼란보다는 반쪽 분단 상태가 자손만대 이어지길 바라기 때문에, 미군에 빌붙어 시시각각 모국을 팔아 넘기고 심지어 아메리카 합중국의 일개 주州가 되길 염원하기도 한다.

사실상 미국보다 내부의 친일 친미파들이 더 무서운 벼룩 이 같은 좀비들이다. 그들은 진리와 자유보다는 허위와 독재를 바라는 '사이비 미국'의 똘마니라 칭할 수 있다.

미국美國에도 아름다운 점은 있고 나 또한 좋게 보고 싶은데 왜 글을 쓸 때마다 이렇게 흘러가는지 씁쓸하다.

곁가지 얘기가 길어졌지만, 여기서 요점은 미국 정부와 기독교회가 긴밀히 연합해 약소국을 정복해 들어간다는 점이다. 초콜릿, 성경 복음, 원조금에 뒤이어 미국식 정치 경제 제도, 군대, 교육, 윤리 도덕 관념, 더러운 아메리카 쓰레기 따위가 따라 들어오는 것이다.

조그마한 한반도 반쪽 땅덩이에 세계 최대의 교회들이 우후죽순보다 더 번창한 건 미국의 원조와 세뇌 작업의 영향이라 하면… 교계 지도층과 신자들은 화를 내리라. 아니, 어쩌면 복음을 받아 이 나라와 민족이 갱생했다며 박수치며 할렐루야를 외칠지도 모른다.

박인근 원장이 진짜 기독교인이었는지 가짜 사이비였는지 불확실하지만 그런 시대 상황을 아마 최대한 활용했으리라고 짐작된다.

만일 그가 불교 신도였다면 형제복지원 꼭대기에 그토록 거창스런 사원을 지을 수 있었을까? 모르긴 해도 아마 한 구석에 아담한 법당이나 하나 짓지 않았을까 싶다. 혹 이슬람 교도였다면 심복들과 함께 지하에 굴을 파서 은밀한 예배소를 마련하는 정도였으리라.

시대 풍조를 잘 활용하는 사람들처럼 박 원장은 원생들을 총동원해 교회당을 건립했다. 낙성식에서 그는 소리 높여 외쳤다.

"원생 여러분, 이곳은 희망의 천국입니다! 일반 바깥 세상에서 말하는 천국과는 질적으로 다른 진정한 천국…. 성경에서도 말씀하셨듯, 천국이란 이미 이루어진 게 아니라 우리가 앞으로 이뤄 나가야 할 이상향입니다. 인간의 욕망을 버리고 한 계단 한 계단씩 영혼의 사다리를 올라가야 마침내 도달케 되는 것입니다. 이제부터 우리는 이 성스런 공간 속에 사랑과 희망, 참회와 용서, 신앙과 겸손의 빛을 밝혀야 할 것입니다! 우리 형제복지원 교회는 꿈꾸면 이루어지는 낙원입니다. 현실이 간혹 좀 어렵다더라도 결코 절망하지 말고, 예수님의 형제인 나를 믿으며… 꿈을 맘껏 펼치세요. 믿고 생각하는 대로 이루어진다는 진리는 여러분이 매일 암송하는 사도신경에도 나오니까 의심치 말고 천국행 사다리를 걸어 올라가야 할 것입니다! 나 자신을 스스로 죽이면 신생을 통해 천국으로 올라갑니다. 만일 그러지 못할 경우 예수님의 형제인 내 은총을 받은 우리 조직원으로부터 힘을 빌려 사망하더라도 천국 직행이니 걱정일랑 붙들어 매세요. 신은 우리의 나약함을 아시고 일부러 고난을 주시는 만큼, 오직 열심히 참회하고 신성한 노동을 함으로써 우리의 영혼은 깨끗이 정화해야 할 것입니다. 하나님의 말씀에 복종치 않은 아담과 이브는 지옥에 빠졌지만, 우리 모두는 신의 뜻에 순종하여 천국의 꽃을 새로이 피워내야 합니다!… 사실상 이곳은 아시다시피 일상생활의 고통이 전혀 없진 않습니다만, 인간 재생 용광로임을 마음속 깊이 인식하여, 견디고 또 견뎌 마침내 신생의 선물을 모두 함께 받길 바랍니다!….”

박수 소리가 요란스레 울려 퍼진다. 현실과 괴리가 큰 미사여구이자 말짱 꽝 거짓말이지만, 원생들은 자동인형처럼 박수와 환호를 멈추지 못한다. 만일 그랬다간 감시조에 찍혀 지하감방으로 끌려가 살인적인 폭행을 당한다. 살아남으면 행운이고 죽으면 불운일 뿐이다. 그런 사실을 자주 두 눈으로 직접 보기에 원생들은 불평불만을 씹어 삼키며 나이롱 박수를 치는 것이었다.

‘아, 신은 과연 어디에 계신 걸까? 나의 앞날은…. 신을 믿고 노력하면 정말 이 고난을 벗어나 천국으로 갈

수 있는걸까?'

하지만 교회당 뒤쪽 공동묘지엔 어느 샌가 붉은 무덤이 늘어만 갔다. 뗏장도 제대로 입히지 않은 초라한 벌거숭이 흙더미….

소대마다 종교위원인지 뭔지 한 명씩 배치돼 있었지만, 대부분 무지스런 돌팔이거나 박 원장에게 세뇌된 광신자였기에 원생들의 마음과 영혼은 오히려 더 피폐해졌다. 개중에 괴팍스런 놈은 '통띠'라는 은어로 불린 소년 성폭행을 무수히 자행했다. 소녀들이라고 어찌 무사할 수 있었으랴. 호시탐탐 노리는 검붉은 눈을 어찌 피할 수 있었겠는가. 그들은 성경이나 국민교육헌장을 제대로 외우지 못하는 애들을 교육이란 명목으로 으슥한 창고에 끌고 가 야욕을 채웠다.

서무, 조장, 소대장, 중대장, 그리고 피라밋의 꼭대기…. 그 화려한 비밀 방 속에서 무슨 짓이 벌어졌는지 그 누가 알랴. 원장은 복지원의 황제였고 아방궁의 왕이었다는 전설밖에 현재 남은 증거는 없다.

일장연설이 끝나면 원생들은 박 원장을 위한 축복 기도문을 외워야 했다.

"사랑 풍부하신 하나님, 오늘도 새벽부터 밤 잠자리에
들 때까지 사랑의 동산인 형제복지원을 도우소사 모든
형제자매와 함께 해주신 은혜 감사하옵니다. 밤낮 늘 죄
많은 이들을 지켜 주시고, 또 불쌍한 저희 고아들을 위
해 이 건물을 세우시고 사랑 베푸시는 원장님과 사모님
의 건안과 사업 번창도 함께 지켜 주시옵고 오늘 밤 편
히 쉬게끔 도우시옵소서. 예수님의 이름으로 기도하옵
니다. 아멘…."

잠재의식 속에 숨어 있던 불만과 쌍욕이 불현듯 튀어
나오기도 하기 때문에 항상 입을 조심해야 했다. 감시
조장에게 걸리면 입이 찢어지는 건 다반사였다. 해머 같
은 주먹질에 생이빨이 빠져 나뒹굴었다. 흙 묻은 그 이
빨을 주워 들고 짐승처럼 울부짖는 건 생명의 처절스런
전율 때문이 아니었을까.

만신창이가 된 입속에 원장의 지시를 받은 똘마니들
은 굵고 검은 막소금을 한 움큼 집어넣기도 했다. 핏물
과 구토가 섞여 나왔다. 그 순간 원생들은 대체 무엇을
느꼈을까?

존재 가치의 사라짐….

폭력과 절망은 생명을 서서히 죽인다. 탈출할 수도 반항할 수도 없는 경우엔 인간성을 변화시켜 버린다. 동물처럼 변하기도 하고, 체념한 채 로봇이 되거나 미쳐 버리기도 한다. 그래서 마지막 방법으로 수감자들은 숟가락 젓가락을 삼키거나 면도날로 자기 손가락을 자르기도 했다. 어쨌든 형제원을 벗어나 외부의 병원으로 실려가기 위해….

깃
털

 교회를 오고 가는 길에 이따금 살짝쿵 러브스토리가
일어나기도 했다. 외롭고 핍박 받는 존재들이기에, 멀찍
이 떨어진 채 바라보는 눈빛과 윙크만으로도 정신적인
애정이 싹텄다.

 그러면 은밀히 작은 쪽지를 써서 전했다. 조장이나 종
교위원에게 슬쩍 빵 혹은 담배와 함께 건네곤 애를 태
웠다.

 만약 직접 주고 받다가 발각되는 순간이면 죽도록 얻
어 터진 후 남자는 막노동대 여자는 정신병동으로 처넣

어졌다. 사랑으로 인해 죽음으로 가는 길목….

정신병동은 해괴한 곳이었다. 꼭 정신병 증상이 있는 사람만 들어가는 데가 아니었다. 오히려 죄가 없고 순수한 사람을 강제로 가둬놓고 서서히 정신병자로 만들어 버리는 감옥 속 감옥이었다. 꼴통과 불평불만자뿐만 아니라 심지어 군사독재 정부에 비판적인 민주인사들도 정신병동에 처넣었다. 그들은 철제 침대 기둥에 양 손발이 꽁꽁 묶인 채 영육을 유린당했다. 치료한다는 구실로 주사약을 과다 투여해 반멍청이로 만들기도 하고 아예 죽여 버리기도 했다.

예쁘장한 여자는 수면제에 취한 상태에서 완장 찬 놈들에게 성폭행을 당했다. 새디즘 성향이 있는 자들은 제정신인 여자가 비명과 신음 소리를 흘리며 몸부림치다가 서서히 침몰당해 훌쩍이는 걸 더 좋아했다. 악마의 웃음을 흘리며….

완장 찬 자들의 심리는 과연 어떤 것일까?

이 세상에서 아마 한국(남한과 북한) 사람들이 완장 차는 걸 가장 좋아하지 않을까 싶다. 요즘은 좀 덜한 편이지만 형제복지원 시절만 해도 완장 끗발이 꽤나 무서웠다.

북조선 인민공화국은 지금도 완장 사회이니 말할 바
도 없고, 남한은 해방 후 대한민국이 수립되고 나서도
일본 제국주의자들처럼 완장을 좋아하다가 군사독재가
창궐한 1960~80년대는 그야말로 완장 전성시대였다.
초등학교의 반장과 주번은 물론 동장 통장 이장님들까
지 제가끔 색깔 다른 완장을 찬 채 어깨에 잔뜩 힘을 주
었다. 너무 그러다가 뼈가 어긋나는 경우도 전혀 없진
않았다.

완장은 한 마디로 권력과 금력과 명예욕과 함께 폭력
을 상징했다. 한국에서는 개도 완장을 차면 사람을 무시
할 수 있다는 얘기가 떠돌 정도였다.

형제복지원에서 완장은 일반사회에서보다 훨씬 더 강
력한 상징 도구였다. 사람보다 완장이 더 주인 노릇을
했다. 이를테면, 중대장으로서 무소불위의 권력을 휘두
르던 자도 일단 원장의 눈에 걸려 붉은 완장을 벗게 되
면 보통 원생으로 추락했다. 좀 극단적인 경우이긴 하겠
지만….

반대로, 평범하던 원생이 어떤 괴기스런 능력을 발휘

해 원장에게 발탁된다면 번들번들 빛나는 완장을 찬 채 지옥 속 천국의 쾌감을 향유할 수 있었다. 그리고 자기를 미워한 전임 중대장을 불러 폭행하고 심지어 죽여 버리기도 했다.

중대장뿐 아니라 총무, 서무, 소대장, 조장들도 마찬가지 신세였다. 완장 서열권에 반항하면 곧 원장에게 반역하는 개망나니로 낙인찍혀 소리 소문 없이 사라졌다.

죽어 흙 속에 묻힌 사람들은 말이 없다. 살아 있는 사람들은 언제 닥쳐 올지 모르는 죽음의 공포에 떨며 혀가 굳는다. 체제에 순응하면 살고 반항하면 죽는 곳이 바로 형제복지원이었다.

그런 과정 속에서 12년 동안 5백여 명이 처참히 목숨을 잃은 것이었다. 한 달에 5명이 죽는다면 살인마의 공장이라고 할 수 있지 않겠는가. 생명과 재활이 아닌 비정스런 군사독재 정부의 축소판….

박인근 원장이 신으로 군림한 형제복지원 속엔 또 더 작으면서도 악랄한 형제원이 있었다. 러시아 시베리아 마뜨료냐 인형 같다고나 할까.

서녘 하늘가에 불그무레한 노을이 지고 복지원 뒷마

당에도 땅거미가 내리면 원생들은 다음 지옥을 걱정한다. 소대 건물 안으로 들어서는 순간부터 붉은 소대장 완장을 찬 악마가 원장 노릇을 시작하기 때문이었다.

남의 흉내를 내는 자는 자기 존재를 부각시키기 위해 더욱 악랄해지기 마련이다.(마치 복사본이 원본보다 지저분하듯이.) 대부분 깡패 똘마니인 그들은 인간이 상상해낼 수 있는 온갖 추악스런 짓을 자기보다 계급 서열이 낮은 원생들에게 강요했다.

더욱 목불인견은 어린이 소대의 대여섯 살짜리 녀석들도 어른들을 흉내내어 원장, 중대장, 소대장 따위 완장을 대충 만들어 찬 채 자기보다 힘없는 애를 괴롭히는 모습이었다.

그런 해괴한 광경을 보면… 과연 인간이란 무엇인지, 신은 어디 있는지, 세상의 악과 인간 내면의 악은 어찌 비롯됐는지 궁금했다고들 한다.

교회에서 박 원장은 십자가에 매달린 예수를 빙자하며 원생들의 죄악을 질타했다.

인간의 원죄를 씻고 재생하기 위해서는 피땀 어린 노

동을 견뎌내고 고통을 달게 받으며 형제복지원의 설립 방침과 규칙에 순종해야 한다는 것이었다. 순종과 복종의 강조는 끝이 없었다. 주기도문과 사도신경 등을 의무적으로 암송해야 했는데, 한 구절이라도 틀리면 매타작을 당했고 끝내 시체로 변해 버리는 경우도 적지 않았다.

이게 과연 교회의 실체인가? 하느님의 복음은 대체 어느 하늘 끝에서 헤매고 있을까?

박 원장이 진짜 신자인지 가짜 사이비인지는 모르지만, 일반사회 교회 목사들의 방식을 모방하거나 자기 이익에 맞게 왜곡하는 건 뻔히 보였다. 마치 권위적인 목사 앞에서처럼 원생들은 맘속으로 비웃을 뿐 감히 불평불만을 드러내진 못했다.

성경 구절을 한 글자도 틀리지 않게 외워야 한다는 규칙은 전세계에서 아마 한국의 교회와 강제수용소밖에 없으리라.

옛날 옛적 신심 깊은 사도들이 신성한 영감을 받아 바이블을 적어 내렸겠지만, 여러 가지 언어로 번역되고 영어를 거쳐 한국어로 옮겨졌을 땐 변화뿐만 아니라 오류도 많이 섞여 들지 않았을까?

이런 경우엔 차라리 한 낱말 한 구절에 얽매이기보다 큰뜻[대의]을 마음속에 새기는 게 더 하나님과 예수님의 복음에 가까워질지 모른다.

교회 목사와 박인근 원장이 성경을 내세워 신도와 원생들을 겁박하는 건 진리보단 혹시 자기네의 욕망을 추구하는 노릇이 아니었을까 싶다. 한 글자 틀렸다고 지옥 가라고 악담하며 영혼을 유린하고 패 죽이는 건… 바로 예수님 자신이 가장 경계하고 개선하려 했던 구시대의 유물 아니던가?

그런 면에서 보면 박인근의 형제복지원은 진리와 사랑의 공간이 아니라 검붉은 복마전이었다.

죄악은 개인에게만 있는 게 아니고 사회 현실과 국가 정책에도 존재한다. 부정부패, 사리사욕, 비인간화(야수화) 등등….

형제복지원의 경우엔 국가와 사회가 개인에게 붉은 낙인을 찍어 '죄악 덤터기'를 씌운 듯 여겨진다. 자기네의 큰 죄악[대죄]를 무마하거나 숨기기 위해 빈민들을 속죄양으로 삼은 셈이다. 그 불운한 양들의 피로 인해 미개 정글지대보다 더 독악스런 한국 사회의 공동악이 대속(사실은 은폐)됐다고 할까.

형제원뿐 아니라 선감도 수용소, 양지원, 희망원, 삼청교육대, 몽키하우스, 그리고 소록도 나병원 또한 그런 역할을 수행하는 정부 지원 기관이었다. 치료보다는 학대, 사랑보단 증오, 양지보다는 음지, 희망보다 절망, 교화와 재활보다는 악인화와 사망이 판을 치는 인권 사각지대였다. 철문 안에서는 인간 청소(살인)를 마구 자행하면서도 건물 밖 정문 위엔 소망이니 재생이니 뭐니 양두구육식 간판이 내걸려 있었다.

물론 수용자들 중에는 스스로 죄악에 물들어 마귀도를 찬양하는 자도 있었고, 세속적인 안락을 위해 조장 등에게 굽실거리면서 언젠가 사다리를 한 계단 한 계단 올라 자신이 방석 깔린 그 작은 의자에 앉으려 애쓰는 경우도 있었다. 하지만 감투와 완장의 개수는 정해져 있었으므로 대부분 실패해 점차 더욱 사악해졌다.

사실상 원생들만 나무랄 일은 아니었다. 대한민국이라는 사회에서 살아가야만 하는 일반 사람들 또한 비슷했다. 아니, 오히려 더 고질적이고 심각하고 교활했다.

특히 상류층 별인간들의 작태는 부러움을 넘어 악욕

심을 자극했기에, 강제수용소 원생들의 마음 또한 가파른 변질을 겪지 않을 수 없었으리라. 그 상류층 인사들이 국가 사회를 좌지우지했으므로… 극우파들은 추종하고, 보수적 순종파들은 따라가고, 중도파는 짐짓 심사숙고하고, 불평불만자는 맞아죽고, 진짜 반항자는 쿠데타 혹은 혁명을 꿈꾸기도 했다.

붉은 빵모자를 쓴 여인이 말했었다.

"그 당시 옥이라는 열댓 살쯤 된 소녀애가 있었지. 열두 살에 잡혀 왔으니 몇 년 동안 고생한 셈이었어. 얼굴이 예쁘장해 귀여움을 받았으나 사내놈들에게 해코지도 많이 당했던가 봐. 중대장, 소대장, 조장 놈들…. 그 소녀는 피눈물을 머금은 채 울먹거렸지만 끝내 굴복하진 않았지. 만신창이 된 몸으로 귀신 들린 암늑대 새끼처럼 변해 갔어. 소문을 들어 보니 그 앤 입소할 때 어린데도 억울하고 부당하다며 왈왈 외쳐대다가 뺨을 맞곤 총무놈의 손가락을 깨물어 뜯었다더군. 그 뒤에도 그 아인 앙칼스레 아르릉거리며 하루하루 살아냈어. 영육이 유린되는 동안 어린 소녀의 가슴속엔 어떤 원한이 쌓여 갔을까? 그 앤 눈물이 맺히더라도 흘리기보다 씹어 삼키는 듯했지⋯. 그 무렵 소녀는 정신병동에 들어가 있었기에 어찌 좀 도와 보려 해도 어려웠어."

여인은 마른 입술을 추겼다.

"그런데 언젠가부터 깜짝 놀랄 만한 엽기적인 살인 사건이 벌어지기 시작한 거야. 악질로 소문난 중대장이 돼졌는데, 목에 날카로운 쇠붙이가 꽂혔고 성기(페니스)는 무슨 살쾡이 같은 짐승이 물어 짓씹은 듯 참혹스러웠지. 얼마 후엔 엽색행각 질로 지탄받던 어느 소대장 놈이 비슷한 꼴을 당했어⋯. 박 원장은 쉬쉬하라고 명령을 내렸지만 풍문까지 잠재우긴 어려웠지. 과연 누가 이 철옹성 속에서 살인을 저지르는가? 형제원은 미스터리를 품은 채 술렁거렸어⋯. 은근히 좋아하는 원생들도 많았지. 곧이어 원장을 하느님처럼 숭배하며 원생들을 괴롭히던 조장 놈들이 하나씩 같은 꼴로 시체가 됐어. 복지원 측에서 비상을 걸고 색출에 나섰지만 범인의 자취는 오리무중이었어. 옥이가 의심스런 눈총을 받긴 했으나, 그 무렵 그 앤 핼쑥하고 빼빼 마른 꼬락서니로 미친년처럼 히히거렸기 땜에 제외되었지. 더군다나 정신병동에 갇힌 년이 무슨 수로 외부의 으슥한 곳에서 그런

흉한 짓을 저지를 방법이 있을까. 억울하게 감금돼 고통 받는 우리들로선 신의 천벌이 내렸다고 생각키도 했으며, 혹은 로빈훗이나 일지매 같은 멋진 존재가 악을 징벌한다고 몽상하기도 했어. 다른 데서 날아온 초인이 아니라 바로 우리 원생들 속의 어떤 누군가가….”

박 원장은 전체 조회 때 단상 위에 서면 입에서 침을 튀기며, 구체적인 사실과 진실은 감춘 채, 북괴의 스파이가 침투해 꿈동산 복지원을 어지럽힌다고 포효했다. 일부 불평불만분자의 유언비어에 속지 말고 간첩을 신고한다면 격려금뿐 아니라 일계급 특진의 은혜를 내린다고 광기 어린 목청으로 선전했다.

마치 역대 대통령과 정치꾼들이 국민들의 진실한 외침을 북풍 공작으로 왜곡 비하했듯, 그 또한 너구리처럼 음흉스레 모방해 원생들을 세뇌시켰다. 모방은 모방을 낳아 모든 원생을 독재체제 순종자와 불신자로 나눠 죽이던 시대였다.

말하자면, 체제 순종자라 하더라도 죽지 않는다는 건 결코 아니라는 얘기다. 설령 그들의 육체는 살아남을지언정 정신은 파괴돼 비겁한 짐승이나 벌레보다 못하게 전락하고 만다.

원장의 순종자들이 불현듯 야수로 변해 자기보다 하층 계급인 원생들에게 광기를 부리는 건, 그 체제가 이미 비인간화돼 누구든 악마의 손아귀에 목덜미를 잡혀 시시각각 조여지고 있다는 증좌가 아니겠는가?

엄혹한 감시 때문인지 괴상스런 살인사건은 더 이상 벌어지지 않았다. 원장이 내건 상을 타기 위해 소대장과 조장들은 애먼 원생들을 지하 감옥으로 끌고 가 고문하며 자백을 강요했다. 많은 남원생들이 악랄한 짓으로 시체가 됐고 여원생들은 성폭행을 당한 끝에 정신병자로 추락하고 말았다.

먹구름이 하늘을 뒤덮은 어느 날이었다.

운동장에서 원장이 전체 조회의 일장연설을 마치고 단상을 내려와 검은 고급 승용차 쪽으로 몇 발짝 걷는 순간이었다. 원생 대열 쪽이 아닌 단상 밑에서 비쩍 마른 한 인형이 튀어나오더니 원장의 등에 시퍼렇게 빛나는 칼날을 꽂았다.

하지만 원장이 한 수 빨랐다. 그는 상체를 살짝 틀며 인형의 가녀린 목을 굵직한 손아귀로 움켜잡아 땅바닥에 패대기쳤다. 버둥거리며 일어서려는 소녀의 목을 원장은 구둣발로 쿡 밟곤 마구 짓이겼다.

하얀 강아지 한 마리가 어디선가 달려와 발목을 물어뜯으려 왈왈거렸으나 이미 방비하고 있던 친위대원들의 발길에 채여 깨갱대며 나뒹굴었다. 그건 옥이가 강아지 때부터 자기 음식을 나눠 먹인 녀석이었다. 흰둥이와 옥이가 신음을 흘리며 부르르 떨었으나 원생들은 겁에 질린 채 그저 바라보기만 할 뿐이었다. 만일 나서서 말렸다간 자기 자신도 그런 꼴이 된다는 사실을 잘 알기 때문이었다.

그 후 흰둥이의 사체는 조장 놈들이 가져가 끓여 먹었으며, 옥이는 겨우 목숨만은 건졌으나 진짜 정신병자가 돼 떠돌더니 얼마 뒤 사라져 영영 보이지 않았다.

바위 사람

형제복지원 피해생존자들이 단식중인 허름한 비닐 천막을 나온 우리는 여의도 광장을 지나 지하철 역으로 향했다.

모든 짐승과 인간은 자기에게 필요하지 않은 한 느림보짓을 하거나 방해한다. 사리사욕을 이겨낸 자들만이 자기 이익과 상관없이 공동체의 큰 일을 위해 노력한다.

저 거창스런 의사당 안에 그런 인간은 많지 않다. 이

놈 저놈 이년 저년 선거 유세 땐 감언이설 해놓곤 일단 당선되면 제 뱃속 채우기에 바쁘다. 한사코 당리당략에 목을 매는 수구 꼴통파든 올바른 진로進路, 眞路를 앞에 놓고도 눈치 보며 미적거리는 자칭 진보 여당이든 공수병 걸린 개 같긴 거의 마찬가지다.

이럴 땐 국민이 직접 나서서 그 잘난 입에 재갈을 물려 끌고 몽둥이 채찍질을 해 몰아갈 수밖에 없다. 왜냐하면 그들은 참 주권자가 아니라 국민으로부터 잠시 위탁받았을 뿐이므로.(그토록 무소불위 견고하던 검찰의 성도 마침내 밝은 국민들의 촛불로 무너진다. 저 겉만 하얀 국회의 사당 또한 평범한 양심을 지닌 일반 국민들의 힘으로 환히 빛나게 되리라.)

겨우 전철역에 닿아 막차를 탔다.

쇠마차는 철교 위에 말발굽 소리를 내며 강을 건너갔다.

세느 강이나 러시아의 네바 강보다 내가 더 좋아하는 한강….

다른 강들도 그렇겠지만 유유히 흐르는 듯 마는 듯한 한강을 내려다보고 있노라면 한민족의 과거와 현재와 미래까지 공상해 볼 수 있다.

하지만 지금은 인조 가로등 빛에 희번득거릴 뿐 속내
는 보이지 않는다. 전철 속의 인간들 또한 그러해 보인다.

저 강물은 무심한 듯싶어도 좀더 나은 삶을, 좀더 푸
른 물을 추구하며 절망과 고통을 넘어 흐르고 있는 게
아닐까?

"그래도 내가 쫌 도움이 됐죠?"

솜희가 손가방에서 사탕을 꺼내 자기 입속에 넣었다
가 내 입에 물려 준 후 말했다.

"뭐?"

"아이 참, 자기처럼 무뚝뚝하고 말주변도 별로 없는
남자 혼자 갔다면… 스산한 비닐 천막 속에서 그런 화기
애애한 얘기가 꽃필 수 있었겠어요, 응?"

"은근슬쩍 자화자찬을 하는군. 하지만 얘기꽃이 핀 건
아니지. 그들의 입에서 나온 한 마디 한 마디는 고통의
반추였으니까."

"그렇긴 해요. 아무튼 꺼내기 힘든 얘길 애써 길어 올
려 서로 나눴잖아요."

"흠, 혹시 만일 나 혼자 갔다면 또 다른 얘기가 나왔을
지도 모르지."

"흥, 욕심쟁이!"

그녀는 손톱으로 내 볼을 세게 꼬집었다.

난 아픔을 참았다. 이런 경우 고통은 일순 쾌감으로 변화되기도 하지만, 황량한 여의도 벌판에서 단식하는 그들은 시시각각 갈퀴 세워 심신을 파먹는 절망 속에 어찌 견뎌낼지 걱정스러웠다.

"자기 유둘 깨물어 피 빨아 젖 대신 먹고 싶어."

솜희의 귀에 대고 속삭였다.

그녀는 눈을 살짝 흘기며 손가락으로 내 바지 앞섶을 터는 척 꼬추를 꽉 꼬집었다.

그날 밤은 육체적 유희 없이 잠들었다.

어슴푸레한 황야였다. 허연 바위산 기슭에서 한 사람이 망치 소리를 내며 무슨 조각을 하고 있었다.

그런데 상체가 알몸인 그 사내는 정과 망치로 바위를 애써 파 자신의 하반신을 만드는 모습이었다. 아니, 바위 속에 파묻힌 하체를 쪼아 뽑아낸다고나 할까. 아주 필사적이었다. 그의 입술과 손에선 피가 흘러내려 허리를 벌겋게 물들였다. 마치 무슨 괴악마가 바위 속에서 끌어당기기라도 하듯 피땀을 뻘뻘 흘리며 벗어나려 발버둥쳤다.

난 그 사내가 빨리 빠져나오길 바랐다. 헌데 불현듯 그의 상반신이 쑥 바위 속으로 빨려 들어가고 핏방울만 분수처럼 튀어올라 내 얼굴을 적셨다.

잠에서 깬 나는 허전한 기분에 젖은 채 과연 그 꿈이 뭘 의미하는지 곰곰 생각해 보았다. 혹시 그 사내는 형제복지원 원생들의 고난을 상징하는 게 아닐까? 인간으로서 자기 존재 찾기. 현실 지옥에 갇혀 폭력에 의해 괴물화되어 가는 자신의 인간성을 되찾아 보고픈 소망… 비닐 천막에서 기어나와 한 인간으로서 살고픈 희망….

하지만 박 원장은 그들의 꿈을 짓밟아 버렸다.

철장 안에서도 그랬지만, 원생들은 수용소 철문을 벗어나 해방된 후에도 극심한 트라우마와 각종 심신의 고통에 시달렸다. 사회 현실에 적응하려 발버둥치다가 결국 스스로 목숨을 끊은 사람도 많았다.

가해자인 박 원장은 어땠는가?

경천동지할 만한 죄악 행위가 발각돼 법정에 선 그 자

는 겨우 2년형을 선고받고 잠시 수감됐다가 곧 출소한 후 요양차 외국으로 건너갔다. 왕국의 황제 자리에선 물러났지만 그는 회심의 미소를 지으며 전세계의 명승지를 두루 유람했는지 모른다. 호의호식하며….

그 자의 마음속에 아마 형제복지원과 원생들은 전혀 들지 않았으리라. 왜냐하면 이젠 돈이 화수분처럼 나오는 구멍이 되지 않고 오히려 밑구멍이 켕기는 상황이었을 테니까. '그것이 알고 싶다'의 카메라에 찍힌 장면을 보면, 박 원장은 어려운 시대적 상황 속에서 자신이 베푼 선행은 잔뜩 부풀리고 악업은 치매 증상 때문에 기억하지 못한다고 강변했다. 아버지가 번 돈 덕택에 미국 유학까지 한 그의 아들은 한술 더 떠 입에 거품을 물며 "이제 와서 없는 사실을 파헤치려 발광하지 말고, 그 당시의 진실에 주목해라! 그러면 우리 아버지가 희대의 영웅 애국자로 보일 것이다!"라고 지랄쳤다.

얼마 후, 여론이 사그라들자 그들 두 부자는 스리슬쩍 화투 패를 바꿔 노인요양복지원을 개설했다. 뿐만 아니라 뒤이어 거창한 레포츠 단지도 조성했다.

만일 가해자가 적절히 벌을 받는다면 피해자들의 원

한도 조금쯤 풀릴 수 있다. 하지만 살인마적인 죄인이 희희낙락 승승장구하는 꼴을 보노라면 홧병이 도질 수밖에 없으리라.

옛날부터 권력자들에게 삶과 생명을 애꿎이 침탈당해 온 한국 사람들은 '세월이 약'이라느니 '인생만사 새옹지마'라느니 너스레를 떨지만⋯ 형제복지원 피해 생존자들의 경우엔 출소 후에도 고통의 연속이었고 옆엔 늘 죽음의 그림자가 떠돌았다.

가슴속에 깃든 원한과 억울한 심정을 풀어 줘야만 할 텐데, 여의도 국회의 선량님네들은 그들의 호소를 무시한 채 당쟁만 일삼고 있었다. 마치 그들은 인간쓰레기라는 듯이⋯.

허공을
떠도는
지옥

허연 눈발이 펄펄 흩날리는 날이었다.

백설이라곤 해도 오염물질이 잔뜩 섞인 듯싶어 별로
정겹진 않았으나… 그래도 더 소복이 내려 세상의 추악
을 덮어 주길 바랐다. 설령 오염된 눈송이일지언정 내
마음보다는 더 깨끗한 모습이었다.

'아, 나 자신의 죄와 악은 어쩔꼬! 내 죄악의 씨앗은
꽁꽁 숨겨두고 남의 과오만 캐내 탓하려는 건 도둑놈

사기꾼과 같은 짓이겠지.'

난 무분별한 과거 행각을 되짚어 보았다. 이제까지 해 온 노릇이 과연 나 자신의 본심과 정신으로부터 나왔는지 의심스러웠다.

'솜희와 육체관계를 맺고 연인인 양 행세하고 있지만 정말로 사랑하는 걸까? 애초의 증오감이 많이 사그라지긴 했으나, 처녀막을 찢는 등 에로틱한 해코지를 하지 않았다면 과연 어땠을까? 그리고 솜희가 마치 나르시스의 연인 에코처럼 순종하지 않았다면 혹시… 목 졸라 죽이지 않았을까?'

그 당시 내 심정은 충분히 그랬었다.

지금 당장이라도 솜희가 경찰에 신고한다면 난 범죄자 신세로 전락하는 셈이다. 경찰서나 검찰청에 불려 가서 탈탈 털린다면 난 악의 개망나니로 낙인 찍힐 수도 있다. 더구나 그녀의 부모가 행방이 묘연하므로 수사 개시 후엔 살인자로 지목돼 인권이 말살당한 채 온갖 유언비어와 악플에 시달리게 되리라.

사실상 시멘트 건물 속에선 그런 소문이 떠돌았다. 말 없는 속삭임으로…. 만일 언젠가 그들 부부가 어디 먼

여행을 갔다가 돌아온다 할지라도, 일단 한번 씌워진 쇠
굴레는 쉬이 벗겨지지 않으리라.

얼마 전부터 솜희는 입맛을 잃은 채 유튜브 먹방만 보
고 있었다. 아마 욕망 대리 충족 방법이 아닌가 싶었다.
나도 호기심에 몇 번 본 적이 있다. 배가 좀 고플 때
내가 좋아하는 국수나 된장찌개를 맛있게 먹는 모습은
구경할 만했으나, 포만감을 넘어 억지로 우겨 넣는 짓은
징그럽고 추악스러워 보였다.

그걸 자유라고 할 수 있을까? 욕망의 자유 방만한 표현….
이 세상엔 아직 못 먹어 굶어 죽는 사람들도 많은데….

세상이 워낙 괴상망측하다보니 그들도 기괴스런 생존
방법을 모색해냈는지도 몰라. 자본주의 사회에서 가장
요긴한 돈과 명예욕을 챙기기만 한다면… 한 세상 그럭
저럭 살아갈 만할 테니까. 설령 위장병이 생기더라도,
그것마저 활용해 병원에서 동영상을 찍어 편집해 만들
지 모르는 작자들이니 뭐.

정신과 영혼의 허기를 그런 먹방으로 위로받는다는
얘기도 있더라만… 찰나적인 욕망 해소일 뿐, 인간의 마

음은 점차 더 갈증의 구렁텅이로 빠져드는 게 아닌지···.

난 솜희가 먹방 보는 걸 말리진 않았다. 대리만족의 효과도 생각했으나, 그녀 스스로 잠시 잠깐 보곤 침대로 가 누웠으니까. 그 정돈 이해할 만했다.

으스산한 비 내리는 날 비닐 천막 속에서 단식하는 자들을 떠올리면, 솜희뿐 아니라 누구든 며칠쯤 굶는 건 그닥 대수로워 뵈지 않았다. 과식한 자들이 지방 비계를 빼느라 단식하는 꼴과는 많이 다르잖겠는가. 신이 보든 인간의 눈으로 보든···.

문제는 솜희가 구역질을 하는 꼴이 혹시 임신 증상이 아닌가 싶어 걱정이었다.

그 무렵부터 왠지 침대에서 육체적 향락을 거부하고 자꾸 정신적 교류 쪽으로 흘러가려 했다. 키스도 좀 진하게 하려 하면 혀를 깨물었고, 유두는 아이 것이라며 아예 빨지 못하게 했다. 예전엔 자주 하던 성적인 농담만 꺼내도 헛구역질을 할 지경이었다.

은근히 고민이 커졌다. 이 사악한 세상에 여린 애가 태어나면 어찌 키워야 할지 내심 걱정스러웠다.

솜희는 아기를 낳으면 아빠인 나처럼 삐딱한 생각에

빠지지 않은 바른 아이로 키우겠다며 은근히 기대에 차 있었다.

하지만 내가 삐딱해지고 싶어 삐닥해졌겠는가. 나도 나름 인고의 노력을 했다. 허나 세상 자체가 추악한데 어찌 한 개인이 독야청청할 수 있으리오.

사상가는 이상을 추구한답시며 진흙탕에서 슬쩍 발을 빼 날아갈지언정, 소설가는 현실의 뻘밭을 기어 진실인지 뭔지 추출해 내야 하는 셈이다.

아, 시대착오적 장르인 소설… 나도 내버리고 빠져나가 아름다운 자본주의 시대의 고속도로를 활보하고 싶다.

하지만 희망도 걱정도 더 이상 신경쓰지 않게 되었다. 솜희가 상상임신의 꿈에 현혹돼 있었다는 사실이 밝혀졌던 것이다. 그녀는 살짝 우울증에 걸린 모습으로 툭 물음을 던지곤 했다.

"덧없고 어이없어… 자긴 이 세상을 살아오면서 어떤 어이없는 일을 겪었나요? 그 중 가장 어처구니없고 허망한 경험 하나만 얘기해 줘, 응?"

"흠, 그야 물론 형제복지원이겠지. 그리고 삼청교육대, 소록도 나환자 수용소, 서산 개척단 등… 무수히 많지."

"그건 자기가 직접 겪은 게 아니잖아요."

"그럼… 세월호 생명 매장 사건은…?"

"그건 물론 가장 어이없는 비극이고 슬픈 사건이었죠. 다신 그런 일이 없길 바라지만… 모습만 바꿔 늘 일상적으로 생겨나고 있잖아요. 자기의 진짜 체험으로 날 좀 위로해 줘요."

"글쎄… 그럼 차라리 우스꽝스럽고 괴이스런 얘길 하는 게 낫겠군. 나 원 참, 그때 그 일만 떠오르면 정말 어처구니가 없다니깐!"

"뭔데 그래요?"

"몇 년 전 내가 저쪽 동네에 살 때였지. 공중목욕탕 사장이 바둑광이라서 휴게실 평상에 바둑판을 서너 개씩이나 놓아두고, 대국자들에게 손수 자판지 커피를 뽑아 대접하곤 했어. 빨가벗은 채 꼬추 붕알을 내놓고 앉아 바둑 두는 묘미도 괜찮았지…. 어느 날 목욕탕을 나서는데 어떤 녀석이 따라붙으며, 자기 집에 가서 한 수 가르쳐 달라고 청하더군. 바둑보다는 그냥 사는 모습이 궁금해서 슬슬 따라가 보았지. 셋방살이인 줄 짐작했는데 의외로 아파트 속의 자기 집이더군. 녀석은 들어서자마자 냄비에 물을 부어

라면을 끓이기 시작하더군. 마침 배가 꽤 고프던 터라 그 윽히 냄새를 맡았었지. 그런데 김이 오르는 라면 냄비를 밥상에 옮긴 녀석은 한 마디 없이 자기 혼자 후루룩 훌훌 먹기 시작하는 거야. 그 순간 배고픔은 싹 달아나고, 혹시 저놈이 라면에 미친 여우 귀신이 아닐까 하는 의구심이 들더군. 일단 인간이 아니라고 내심 판단해 버린 셈이랄 까? … 잠시 후 녀석은 귤을 두 개 갖고 오더니 하나를 내 밀었어. 까서 한 입 맛보며 생각했지. '이크, 너무 시구면. 저 자식은 포만한 뱃속에 흘러 들어가 소화제로 작용하겠 지만, 빈 속인 내겐 위장을 쑤시는 칼날이 될 수도 있겠군. 개새끼! 달콤한 귤도 많은데 하필 이런 것을….' 난 입속 의 귤을 놈의 낯짝에 뱉어 버리고 싶었으나, 머금은 채 삼 키지 않고 꼭꼭 씹었지. 저놈이 진짜 인간인지, 혹은 악마 극단 배우 지망생이 모종의 리허설을 위해 날 꾀어 괴상 스런 연극을 하는지… 아무리 이해해 보려 해도 모호했거 든. 하지만 그 녀석 자신의 성정과 세상의 풍조가 합쳐져 만들어 놓은 한낱 평범한 인간일 뿐이었지. 아무튼 바둑 한 판을 두긴 했는데, 짜식이 막판에 몰려 불리하자 잠시 화장실에 갔다온 뒤 나더러 꼼수 부렸다고 지랄치며 판을 휩쓸어 버렸어. 깽판. 검고 하얀 바둑알들만 진실을 알고 있을까? 아마 곧 잊고 모르리라. 난 말없이 그 시멘트 아파트를 걸어나왔지…."

난 그 당시의 일이 하도 어처구니없어서 저절로 한숨을 푹 내쉬었다.

"그게 끝이에요? 쫌 싱거워."

"싱겁진 않지. 인간은 사회적 동물이라잖아."

"난 몰라요."

"모르긴 뭘 모르다고 그래. 여자들은 남자 새끼들보다 이미 더 잘 느끼고 있을 텐데…."

"골치 아파요."

"그럼 좀 재밌는 얘길 해 볼까."

"그래 줘, 응."

"초딩 때 난 호기심이 많은 편이었지. 어느 날, 수업이 끝난 후 노을이 지고 땅거미가 내릴 때까지 운동장 한 구석에 앉아 과연 인생이 무엇인지 생각하던 난 어슬렁 어슬렁 숙직실 쪽으로 걸어갔어. 어떤 선생님이 있을지 모르지만, 한번 여쭤 보고 가능하면 토론도 해보고 싶었지. 그런데 컴컴한 창문 안쪽에서 묘한 신음 소리가 들려오더군.

고통스러운가 싶으면 그렇지도 않고 쾌락인가 싶으면 꼭 그렇지도 않은 기묘한 소리였어. 난 깨끔발로 선 채 유리창 안쪽을 보려고 애썼지. 헌데 흐릿한 낡은 전등 빛 아래서 본 건 놀랍게도 담임인 유은희 선생님의 모습이었어. 평소에 요조숙녀로 알려져 학생들에게 선망의 대상이었는데 대체 웬일일까? 난 최대한 발돋움을 했지만 유 선생을 농락하는 자는 뒷모습밖에 볼 수 없어서 정말 안타까웠어. 그런데 문득 그 남자의 목소리가 좀 크게 들리더군. '아, 아퍼! 갑자기 왜 이러지? 자기야, 빼지도 박지도 못하겠어.' '하아, 그럼 어떡해. 어찌 좀 해 봐요. 너무 아파!' '오, 난 더 아퍼. 허리 돌리지 말구 가만 좀 있어.' '차라리 싸 버리고 나면 빠질지도 몰라, 응?' '나도 그럴 작정이지만 잘 안 돼' '아앙, 바보 같아. 우리 둘 다…. 혹시 하늘이 벌을 내리신 게 아닐까?' '천벌… 아냐, 언제 어디선지 희미하지만… 여자의 성기가 특이하거나 심리적으로 긴장됐을 경우엔 이런 증상이 생길 수 있다고 들은 적이 있어.' '아아….' '은희, 색불이공 공즉시색이라고도 하잖아. 마음을 비우고 평소의 얌전한 여선생님으로 돌아가 봐.' '자기부터 그러는 게 더 빠를 듯싶어. 우선 눈부터 감아요.' '응.'

그 순간 찰싹 하고 뺨 때리는 소리가 났어. '앗, 자기 무슨 짓이야?' '….' '왜 광녀처럼 눈을 게슴츠레 뜨고 그래!' '깜짝 놀래키면 자기 심볼이 줄어들지 않을까 싶어서….' '음, 줄어들긴 하는데… 자기 뽁이 계속 조여들기 땜에 별 소용이 없는 듯해.' '아이, 어떡해, 응?' '흠, 일단 자세를 바로잡고 누워서 좀 자자구. 그럼 아마 풀려 있겠지.' '지금 아파서 그러종.' '나도 마찬가지야.' 그 뒤론 조용해졌고 어둠이 짙어졌어. 난 발짝 소릴 죽인 채 그곳을 떠났지…. 뺀다든지 박는다든지 조여든다든지 풀린다든지 하는 쉬운 말을 그 당시 상황 속에선 도무지 이해할 수가 없었어. 왠지 씁쓸한 하학 길이었지. 어떤 상황인지 분명히 짐작하긴 어려웠지만 어쩐지 야릇하고 꺼림칙한 기분이더군. 그날 밤의 일이 어떻게 풀렸는진 모르되, 다음날에도 유 선생님은 여전히 요조숙녀다운 모습으로 교탁 앞에서 우리들을 가르쳤지. 하지만 난 왠지 순결한 처녀향을 더 이상 맡지 못한 채 서글픈 소년 시절을 보냈어. 지금 생각하면 어리석을 뿐이지만 그땐 나름 심각했던 것 같아…."

"애구, 그래서 여자를 본모습대로 못 보고 일그러진 거울 속의 얼굴을 속 깊이 증오했는지도 몰라. 이젠 그러지 말아요."

숨희는 부드러워진 손길로 내 머리칼을 살살 쓰다듬
었다.

"…."

"상처 입은 소년에서 멋진 청년으로 자라 주면 좋겠
어요."

그녀는 잠시 후 눈물이 글썽거리는 채로 덧붙였다.

"형제원 피해자 분들도… 과거의 어두운 철망 속에서 벗
어나, 상처에 제 나름의 아름다운 꽃을 피울 수 있다면…."

난 숨희를 껴안았다.

그 순간만큼은 육욕과 야비한 정복욕이 일어나지 않
았다. 오히려 정신과 영혼의 교류 속에서 고양된 기쁨을
느끼며, 육체적 쾌락을 추구하던 과거가 어리석어 보이
는 것이었다.

내 가슴팍에 볼을 댄 채 부비던 숨희는 눈을 들어 말
끄러미 쳐다보았다. 혀로 눈물 자국을 지워 주며 나는
중얼거렸다.

"자기야… 어떤 책을 보니, 사랑에 빠진 남자 녀석이
여자에게 '오, 아름답고 사랑스러우며 매혹적인, 인간의

모습을 한 일종의 낙원…'이라고 아부하는 장면이 있었
거든. 이제야 그 말이 진실이란 걸 알겠어."

"피, 거짓말."

"아냐, 진심이야."

"흥, 두고봐야지."

"그런데 여자는 남자를 어찌 느끼는지 궁금해."

"글쎄… 사랑이란 고통의 띠를 두른 즐거움… 이란 얘
기도 있던걸요."

"음, 그거야 남녀 모두의 인지상정일 텐데 뭐."

"그래도 느끼는 빛깔이야 각양각색이겠죠. 그 띠 속에
증오와 애린과 절망의 꿈이 섞였을 수도 있을 거예요."

"혹시, 나를 증오해?"

"글쎄, 몰라요. 애증의 감정이 식지 않고 활화산인 양
타오르고 있는 건 사실이긴 하지만… 만약 자기가 지옥
에 떨어진다면 나도 함께 갈게요."

"그런 소리 하지 마. 처음엔 자길 육체적으로 이용하
려 했었지만, 이제 정신적으로 사랑해. 영혼 속의 공주
여, 울분이 가슴속을 채우던 그 당시엔 자길 여노예로
삼아 능욕하고 싶었으나… 지금은 내가 오히려 그대의

노예가 돼 목숨마저 바치고 싶어."

"호호, 한번 속아 볼까나…."

솜희는 인생 무대의 여배우처럼 독백하며 창문 쪽으로 걸어갔다.

나도 따라가 섰다.

창밖엔 눈이 펄펄 내리고 있었다. 오염된 백설은 차츰 도시의 누추한 풍경을 덮으며 모종의 환상을 불러일으켰다.

"아, 아빠 엄마는 어디에 있을까?"

솜희가 중얼거렸다.

"너무 걱정하지 마. 세계일주 여행을 하고 계시는지도 모르잖아."

난 부정적이고 비관적인 암시는 주지 않았다. 한국 땅에서 해마다 1만 건이 넘는 실종 사건이 일어난다는 사실을….

수많은 사람들, 특히 젊은 여자와 아이들이 미스터리 속에 사라져 버리는 것이다. 단순 가출(잠적) 후 자진 귀가하는 경우를 빼더라도 수천 명이 각종 사고에 휩쓸려 생존 여부가 불투명해지는 셈이다. 교통사고, 자살, 납치, 성폭행, 장기적출, 살해 등등 미스터리는 이 지상에서 끝이 없다.

아마 솜희는 알고 있을까?

"응, 그랬으면 좋겠어. 우리도 언제 함께 다른 나라로 여행을 떠나 봤으면….."

그녀가 유리창에 입김을 띄우며 말했다.

"그러지 뭐."

"언제?"

"봄이 오면….."

"그럼 겨울 동안 딴 생각 말구 열심히 써야겠네. 그렇죠?"

"응."

"옥이라는 이름의 그 애는 어찌 됐을까 몰라."

"글쎄….."

"너무 마음이 아파요. 혹시, 옥이를 주인공으로 해서 형제원 얘길 풀어 나가면 어떨까요? 그 악마 지옥을 상징하는 것 같아서….."

"음, 괜찮은 생각이군. 내일부터 착수해 봐야겠어. 자기야, 고맙고 또 미안해."

"정말?"

"응, 약속할게."

난 억양을 낮춰 대꾸하곤 뒤에서 그녀의 야윈 몸을 꼭

껴안았다.

눈발은 점점 거세어져 시공간을 하얗게 덮어 갔다.

문득, 저 하얀 눈이 세상을 덮긴 덮되 선과 악을 좀 더 선명히 드러내 비춰 주면 좋겠다는 생각도 들었다.

만약 진실이 요구한다면 난 나의 죄악, 특히 솜희에게 저지른 죄업을 모두 고백하고 참회하고 싶었다.

하지만 솜희는 마치 성모 마리아처럼 아무런 요구도 비난도 하지 않았다.

현실에 내리는 눈은 마음속에 내리는 백설과 달리 오염의 비수를 숨긴 듯싶었으며, 죄악을 숨겨 주고 진실과 선업과 아름다움을 차츰 매장해 버리는 것만 같았다.

그 눈발 속으로 저 멀리 여의도 국회의사당 앞에서 비닐 천막을 쳐놓고 단식하는 형제(자매)복지원 피해자들의 여윈 얼굴이 어렴풋하게 떠올랐다.

천지를 허옇게 가리며 회오리치는 저 눈발은 아마 초라한 비닐 막 속 그들의 영혼마저 냉랭히 덮고 있을지 몰랐다.